中公文庫

両刃の斧

大門剛明

中央公論新社

目次

主な登場人物

川澄成克(46)　彌冨署の刑事。
柴崎佐千夫(67)　退職した刑事。川澄の恩人。
山田太士(30)　捜査一課の刑事。日葵の婚約者。
川澄日葵(22)　女性警察官。川澄の一人娘。
川澄多映子(46)　川澄の妻。元女性警察官。
沢木美織(30)　専従捜査班の女性。元科捜研。
梶野彬(46)　専従捜査班の班長。
森下竜馬(45)　元鑑識課。飲酒運転事故で警察を辞める。
青山陽太(37)　地域課の巡査部長。
最上茂(54)　捜査一課の係長。
谷口良二(47)　彌冨署の刑事。強行犯係係長。
柴崎三輪子(66)　柴崎の妻。
白井哲史(74)　元捜査一課長。曜子の事件で森下の存在を隠蔽した。
室田洋蔵(69)　柴崎の元上司。
榊遥大(25)　彌冨署の刑事。
牧村早人(39)　最上班の刑事。
柴崎曜子　柴崎の娘。十五年前に殺害される。
柴崎和可菜　柴崎の娘。白血病で死亡。

両刃の斧

序章

最終のひかりに、かろうじて乗り込んだ。

連休前だからか、自由席車両も乗客がかなり多い。しばらく寝ていないので、名古屋まで立ちっぱなしではこたえる。そう思っていたら、新横浜到着に気づいた二人組が慌てて出て行った。

「そこ、空きましたよ」

奥目の男が、生真面目(きまじめ)に席を勧めた。

柴崎佐千夫(しばさきさちお)は窓際の席に腰掛ける。やれやれ、これで少し眠れる。奥目の男、最上茂(もがみしげる)も横に座った。前の座席の子供が椅子(いす)をがたがたと倒しながら振り返ったが、目つきの悪い大柄な男二人が怖かったのか、黙って前を向き静かになった。

最上がワゴン販売でサンドウィッチとコーヒーを買った。

「柴さん、どうぞ」

礼を言うと、コーヒーを一口すすった。

事件が起きたのは一週間ほど前だった。横浜市内の河川敷でサラリーマンの変死体が発見された。橋の上で刺された後、川に突き落とされたらしい。その二日後、今度は名古屋で同じような事件が起きた。こちらは目撃者もおり、手口が同じだった。

同一の犯人の可能性が高いということで、合同捜査本部ができた。県警本部刑事部で一個班を預かる柴崎も合同捜査本部に向かったが、神奈川と名古屋で起きたこの無差別殺人事件は、すでに片が付いている。少し前に投身自殺した犯人の死体が川から発見されたのだ。横浜市内に住む無職の男だった。容疑者死亡という形で書類送検される予定だ。

「二二九で始まり、二二九で終わりですか」

最上のつぶやきに、柴崎はうなずく。二二九とは変死体を意味する符牒だ。検視の規定のある刑事訴訟法二二九条からきている。逮捕したかったが、死亡推定時刻からしてこちらに捜査本部ができた時にすでに容疑者は死んでいたのだ。仕方ない。

「我々の仕事は終わりだが、被害者からすればまだ何も終わってはいない」

「やりきれませんね」

最上は奥歯を嚙みしめていた。

横浜にある容疑者の自宅には遺書が残っていた。死んでやるという内容で、どうやらチャットで煽られて凶行に及んだようだ。容疑者にとっては自分が死ぬ以上、どうなってもいいという気分なのだろうが、その無理心中に巻き込まれた被害者や遺族にとってはやり切れない。怒りをぶつけようにも犯人は既に死んでいるのだ。

携帯のランプ点滅に気づき、着信履歴を見る。妻の三輪子からだ。こんな時間に携帯からなど珍しいと思ったが、かけ直すのは名古屋に着いてからでもいいだろう。携帯の待ち受け画面は妻と二人の娘だ。今年の夏に家族でバーベキューをした時に柴崎が撮った。隣に座る最上に見られないようこっそりとしまう。

柴崎には妻と二人の娘がいる。長女の曜子(ようこ)は短大を出たあと保育士になり、今年から一人暮らしを始めたばかり。次女の和可菜(わかな)は来年、高校受験だ。時間がなかったものの、駅のキヨスクで横浜みやげの焼売(シューマイ)を買った。連休は曜子も実家に帰ってくるだろうし、みんなで食べよう。

今は一分でも長く眠らせて欲しい。ここ何日かほとんど眠っておらず、体は悲鳴を上げている。最上くらいの年のころはよかったが、知命を過ぎて激務がこたえるようになった。

完全に眠りに落ちた時、携帯に着信があった。振動で目覚める。また三輪子かと思って取り出すと、表示は県警本部からだった。デッキに移動してから通話ボタンを押した。

「はい柴崎」

「私だ……室田(むろた)だ」

どうやら課長からのようだが聞き取りにくかった。

刑事課長の室田洋蔵(ようぞう)は柴崎より二つ上だ。若いころから親交がある。物わかりのいい上司なのだが、滑舌が悪いので聞き取りにくくて困る。

「さっき彌冨(やとみ)署から連絡が入った。女性の刺殺体が見つかったらしい」

ようやく終わったと思ったのに、また殺しか。治安のいい地域のはずなのに、本当に物騒な世の中になったものだ。明日は休めると思っていたが、この調子ではまたこき使われるようだ。わかりましたと言って切ろうとした瞬間、大声が聞こえた。

「待ってくれ！　柴崎」

柴崎はもう一度、携帯を耳に近づける。

「最上は向かわせる。だが柴崎、お前は行かなくていい」

「はあ？」

係長の自分が現場に向かわず、部下だけに任せるなど意味が分からない。

どういうわけか、すすり泣きのような声が聞こえた。通信状態が悪いわけではなかった。課長は泣いているのだ。

「課長、どうしたんです？」

せっつくと、ようやく小さな声が聞こえた。

「殺されたのは……曜子ちゃんだ」

声が出なかった。重い何かで殴られたようだ。周りの景色が真っ白だった。何もかもが歪(ゆが)んでいる。そんな馬鹿な。何かの間違いだろう。

「三輪子さんと和可菜ちゃんは今、病院だ」

病院の場所を告げる室田の声が新幹線の外から聞こえるようだ。その時、ふと思い出した。三輪子の携帯から着信があったことを。三輪子にかけるが、つながらない。和可菜の携帯にもかけてみるが、こちらもだめだ。

しばらく時間が飛んでいた。

通路を邪魔していたようで、サングラスにネックレスの日焼けした若者がこちらを見上げている。何か文句を言っていたが聞き取れない。

何かの間違いだ。そうに決まっている。こんなことが……力なく席に戻る。

「柴さん、長かったですね。何かあったんですか」

通路をあけようと最上が席を立ったが、何も答えることなく席に腰掛けた。

名古屋に向かう新幹線内は地獄だった。眠気はまったく飛んでしまった。浜松駅を通過という表示が出ているが、時間が止まっているかのようだ。どうなっている。こんなことがありえるのか。間違いだ。曜子が殺されるなどありえるはずがない。何度も座席を立って三輪子に連絡を入れたが、通じない。気持ちばかりが焦っている。

電話の内容について告げると、最上は声も出ない様子で、顔を引きつらせていた。

柴崎は真っ暗な窓の外を見るでもなく眺めていた。

ようやく名古屋に着くと、柴崎は荷物を最上に任せてタクシーに乗り込み、大学病院に直行した。

頭の中はぐちゃぐちゃだった。こんなことなどありえない。何かの間違いだ。殺されたという女性は本当に曜子だったのか。なぜ曜子が殺されないといけない？　誰か別の女性と間違えているのではないか。それか、怪我をしているだけなのかもしれない。

「すみません、急いでくれますか」

「そのつもりなんですがね」

タクシー運転手は少しいらついていた。

病院に着くと、入り口には刑事課長、室田の薄い頭髪が見えた。横には見覚えのある唇（くちびる）の厚い男が立っていた。梶野彬（かじのあきら）という若い刑事だ。泣いていたようで目を腫（は）らしている。

「……柴さん」

その表情がつなぎとめていた糸を断ち切ったように感じた。うす暗い病院内にいた誰もが顔を伏せていた。自分の革靴の音だけが聴こえてくる。

「課長、三輪子と和可菜は？」

「こっちだ」

室田に案内されて、検視が行われた低温保管所に向かう。刑事になりたてのころは、週に何度もここに来たものだ。それから三十年。こんな形で自分がここを訪れることになるなど想像できなかった。

無機質な狭い部屋に入ると、かすかに線香の匂いが鼻腔をくすぐった。真ん中にあるベッドには誰かが横たわっていた。長い髪がベッドから少し垂れ下がり、顔には白い布がかけられている。横には三輪子と和可菜が座っていて、柴崎に気づくと三輪子だけが黙ってこちらを見上げた。

「あなた……」

そう言ったのだろうか。声が小さ過ぎてわからない。三輪子の視線は救いを求めるようなものではなかった。目が死んでいる。開けた口が完全に閉じきることなく少し開いている。横にいた短い髪の和可菜は、顔を上げることもなく右手で左手首をつかんだまま、小刻みに震えている。

足音をたてずに近寄ると、柴崎は顔にかけられた白い布をそっと外した。

少しへこんだ眉間、口元の小さなほくろ、細いあご……そこに眠っていたのは、間違いなく曜子だった。

どうしてこんなことに……。

「刺し傷は首筋の一か所だけだった」

室田の言葉は慰めのつもりなのだろうか。確かに何度もひどい遺体を見てきた。鼻が曲がりそうになるような腐乱死体、憎しみの刻まれためった刺しの遺体、原形をとどめていないものも多くあった。そんな中、曜子の遺体はひとことで言って、きれいな遺体だった。

だがすでに解剖は終わっているようだ。頭部には頭蓋骨を切り開いたであろう縫い目が確認できた。刺し傷は首筋だけなのにどうして切り開くのかとも思うが、そういう決まりだ。

白い布を戻してから、しばらく無言でその場に立っていた。

「犯人は必ず捕まえる」

室田の言葉があまりにも遠く聞こえた。どうして曜子は死んだ？　ありえないだろう。生まれた時の体重は二七八〇グラム。初めて立って歩いた時、三輪子と手を取り合って喜んだ。休みの日には近くの公園でよく遊んだ。和可菜が生まれた時、曜子はお姉ちゃんだからずっと和可菜のことを守るんだと言った。

曜子が学校でもらってきたトマトの苗を植えたら、思ったよりたくさんとれておいしかった。それからは家族みんなで家庭菜園を楽しむようになった。バレンタインの前は娘たちがキッチンで大騒ぎだった。結局三輪子がすべて作ってやったのだが、ある時からお父さんはあっち行ってて、と言われるようになった。どうやら好きな男子に渡す分を作りたかったようだ。進路やボーイフレンドのことで喧嘩をしたこともある。だがずっと心はこちらを向いていてくれた。喜びも悲しみもすべて、あの子が生きてきたあかしだ。

保育士になって一年が経つころ、曜子が一人暮らしをしたいと言い出した。心配して反対したが、一度自立して一人で生活してみたいと懇願されて、しぶしぶ許したのだ。もっと反対すれば、こんなことにならなかったのか。

涙がこみ上げてきた時、言葉にならない声が聞こえた。

三輪子が泣き始めたのだ。妻のことは子供のころからよく知っている。どんなに苦しいことがあっても、涙をほとんど見せなかった。三輪子の両親が死んだ時も気丈だった。しかし今、目の前の三輪子は床にはいつくばって泣いている。横で和可菜は椅子に座ったまま震えている。柴崎は三輪子を抱き起こして大丈夫だと言い聞かせる。だが何が大丈夫なのか自分でもまるでわからない。もう曜子は帰らない。

誰が曜子をこんな目にあわせた……？

不意に怒りが体中を突き抜けていった。

こんなことをしたやつを赦しておけるものか。何人もの犯罪者を見てきた。不憫な生い立ちの者も多かったし、自分の罪を悔いて更生した者もいた。だが自分は甘かったのだ。しょせんは他人事だった。被害者に寄り添おうとしても、愛する者を亡くした人たちの血の涙を流し続ける叫びを、自分は何も理解していなかった。

曜子の命を奪った犯人をどうやって赦せばいい？　赦せることなどありえるのか。誰か教えてくれ！

そう思いながら柴崎は三輪子と和可菜を抱き寄せる。まだ見ぬ犯人を思い浮かべ、目に炎をたぎらせた。

第一章　迷宮

1

当直の眠りを妨げたのは、心ない通報だった。

秋風が涼しくなったころ、川澄成克は車中にいた。管轄は名古屋市内でも治安のよい区だが、刑事課の人間にとって遺体との対面は不可避のものだ。アパートで異臭がするというありがちな内容は、確実に遺体との新しい出会いが待っていることを予見させた。

「またウィンカーなしですよ」

前の車が強引な車線変更をして、ハンドルを握る若い刑事が顔をしかめた。

榊遥大は黒縁の眼鏡に細長い眉毛、打たれ弱そうな細い顎。この春から刑事課にやって来た。二十代半ばで刑事になったことからして将来有望なのだろう。ただし名古屋でこの程度のことにいちいち反応しているようでは、頭髪の将来は保証できない。

「刑事になる前は地域課にいたそうだな」

「ええ、山崎川近くの交番です。少し前に大事件がありまして。俺が解決したんですよ」

「そんなのあったか」

榊はハンドル片手に自慢げな顔で何かの紙を手渡した。

地元新聞の市民版で、警察の制服を着たフクロウのイラストが入っている。道路で亀を保護したというニュースが載っていて、山崎川に亀を捨てないでと訴えられている。なるほど大事件だ。本部長賞ものだろう。調子に乗るなとこつんとやりたかったが、後からパワハラだ何だと騒がれては困るので手をひっこめた。

やれやれ、面倒な時代になったものだ。

サファリパトカーとすれ違い、車は熱田神宮に向かう途中で左に折れた。これから行くのは、熱田区との境あたり、堀川のあるところだ。川に沿って縦長のプレハブ建築が建っているのを横目に、車を停める。川向こうのアパートだったら熱田署の管轄だろうに、という恨み言を心の中にしまった。

川沿いには下水処理場があった。

「下水処理場があるから、遺体の臭いがまぎれますね」

「そう上手くはいかないだろ」

不謹慎な冗談をいなして、川澄はさっそく通報のあった現場へと足を運んだ。

アパートは昭和五十年代に建てられた鉄筋コンクリートで空き部屋も多く、大家はさっさと壊して新築したいのだが、住人が居座って出ていかないらしい。

大家と通報者である学生風の男が大げさに手を振っていた。地域課の警察官もいて、興奮気味に川澄に近づいてきた。

「そこですよ、そこの部屋」

一階にある端の部屋の前に来ると、確かに異臭がした。そしてその発生源は彼らの言うように、かつて人間の魂が入れられていた器であると鼻が告げていた。

扉を開けると、異臭は数倍に膨(ふく)れ上がった。

「うわ、こりゃひどい」

「何だこれ、うえ」

大家と通報者は我慢できずその場で嘔吐(おうと)した。待ち受けていたのは老人の遺体だ。顔の皮膚が削げ落ち、耳や鼻から湧き出た蛆(うじ)がうごめいている。腐乱死体からにじみ出るにごりのような液体や、腐乱ガスが室内に蔓延(まんえん)していた。

川澄は畳に落ちた入れ歯に目をやってから、遺体に手を合わせた。榊が果敢にも布団をとった。川澄は用意したマスクを二枚重ねにし、手袋をして遺体を観察した。老人は眠ったまま死んだようだ。病院よりここの方が安らかに死ねると信じたのだろうか。あるいは死体になってまでアパート取り壊しに反対したのだろうか。

邪魔くさいことに、騒ぎに気づいた近隣住民がやって来た。子供も混じっている。これはトラウマになるだろう。検視するまでもないと思うが、決まりだから仕方あるまい。遺体を監察医のところまで運ぶのは刑事の仕事だ。

地域課の警察官の協力を得て必死で遺体を車に積み込むと、汗をぬぐう。いつの間にか榊の姿がないので探すと、アパートの陰に隠れてちゃっかり煙草を吸っていた。

この野郎、と怒鳴りかけたが、住民たちの前で叱るのも気が引けて、見なかったことにして自分も自販機で缶コーヒーを買った。通りがかった鑑識が暇そうでいいなという視線を向けて来る。榊はいつの間にか作業を手伝って汗をぬぐうふりをしていた。前言撤回。さっきは繊細で禿げるかもと思ったが、その心配はなさそうだ。こういうやつが出世していくのだろう。

今回の異臭騒ぎもどうやら事件ですらないようだが、自分の中で数日前に大事件はすでに起きている。そう思っていたら、携帯に着信があった。

川澄は車に乗り込み鍵を閉めた。着信履歴がずらっと並んでいたので、観念して通話ボタンを押す。

「おい、仕事中だぞ」

「かけたくてかけてるんじゃない」

こちらの言うことなど、全部わかっているとばかりに高い声が聞こえた。

「着信あったらかけ直してよ。お父さん、ＬＩＮＥもしてないから連絡とれないし」

「お前も当直勤務か」

「違うって。今から寝るとこ。お父さん、当直の時が一番暇でしょ？」

ひとり娘の日葵は短大を出た後、警察官になった。

「栄のお店、予約したから」

「この前、母さんに聞いた。わかってる」

「明日の三時、クリスタル広場ね」

川澄はわかったと何度か繰り返した。

「本当にわかってるの？　三時って午後の三時だから。午前だと思ったとか訳わかんないこと言ってはぐらかすのもやめてよね。絶対にすっぽかさないで」

日葵はまだ二十二歳。警察学校を出たばかりのひよっこなのに、先月、結婚すると通告してきた。実家にいたころは浮いた話の一つもなかったのに。

「絶対だからね。約束破ったら私、本当に赦さないから」

「だから行く。くどいぞ」

絶対というワードが二十回ほど連呼された。川澄は通話を切った。赦さないと言うのはどうするつもりなのだ。

日葵はまだ実家にいたころに川澄と喧嘩し、もう絶対赦さないと言って一か月ほど家に帰ってこないことがあった。妻の多映子はそのうち戻ってくるわよと妙に落ち着いていたが、後から思うと日葵は母親とは連絡を取っていたのだ。家に帰ってきてからスリランカを旅していたことが判明した。本当に何をしでかすかわからない。

日葵が思春期になってから、父と娘の間には会話が消えたこともあったが、最近は日葵が警官になったということで共通の話題ができた。よし、これから先輩として色々教えてやろう、一緒に酒でも飲みながら仕事の話でもできるようになると楽しみにしていたのに、突然の結婚宣言だ。

明日か。相手の男はどんなやつだろう。面食いの日葵がひっかけたのだから、どうせ見た目だけのチャラい男に決まっている。それとも榊みたいな要領のいい男に騙されているのかもしれない。まだ若いのだから結婚はもっとよく考えてからにしろと言いたくなる。


名古屋市博物館を左手に見ながら、川澄は榊とともに彌冨署に戻った。

すでに外は白んでいる。検視の結果、予想通りアパートで見つかった老人の死に特に事件性はなかった。遺体となって運び込まれた老人は、以前自動車整備会社を経営していたらしいが、倒産。一人暮らしで孤独な死を待つ身だったらしい。中区や港区にいたころにはもっと事件性の高い遺体にも遭遇したが、この区ではこういうパターンが多い。

体がいつもの当直勤務より疲れている気がした。臭気に対する耐性はついているつもりだが、検視があると睡眠が削られるのがこたえる。六日に一回当直がある。睡眠を自在にコントロールできるのが刑事として一番の才能だと言っていた先輩がいた。だがその刑事は脳溢血（のういっけつ）で倒れ、退職前に辞めていった。若いころには無理がきいても、加齢とともに衰えていくというのは本当だなと実感している。

彌冨署には地域課の警察官なども出勤してきて、これから朝礼が行われる。

署長の横には男女の警察官の姿があった。唇の厚い男の方は知っている顔だった。梶野彬という同期の刑事だ。一方、女性の方には見覚えがない。

「そういうわけで、私からは以上ですが、今日は愛知県警本部から未解決事件の専従捜査班の方々が来ています。それではよろしくお願いします」

梶野が署長の代わりに話し始めた。

「県警本部の刑事部、捜査一課に所属する梶野と申します。捜査一課と言いましても私の班では過去の事件を専門に取り扱っているわけで、ことが起きても出張（でば）ってくるわけではないのですが……」

無骨な挨拶（あいさつ）が始まった。あくびが出そうになるのをかみ殺す。こいつはいつも長いわりに中身のない話を繰り広げる。しかし出世の面では川澄よりはずっと先を行っている。

「説明は沢木（さわき）の方からさせていただきます」

梶野の代わりに、沢木美織（みおり）というもう一人の女性が話し始めた。

「どうも彌冨署のみなさん、おはようございます」

澄んだよく通る声が響き、一瞬で空気が変わった。

沢木美織という女性警察官は、彌冨署の一人一人の顔を見ながら語りかけた。まだ若い。せいぜい二十代後半というところだろう。

「今、私たちが捜査している事件は十五年前、ここ彌冨署の管区で起きた殺人事件です」

事件が紹介されると、川澄は彼女の顔をじっと見つめた。

「柴崎曜子さんという女性が何者かによって殺害されました」

話を聞く彌冨署の警察官たちの間に、見えない糸がピンと張られた。

「皆さんご存知のように、殺人など十二の罪で公訴時効が廃止されました。この事件も数年前までなら公訴時効にかかっていた事件です。ですが今は専従捜査指定事件になり、追うことができるのです。迷宮入りなど絶対に赦してはいけないんです」

美織の口調は次第に熱を帯び始めた。

「川澄さん、あの人って有名ですよ」

横で榊が口元を隠しながらささやいた。ささやくと言っても意外と声は大きく、川澄は静かにしろと人さし指を立てた。

「知ってるのか」

「ええ、別の未解決事件で活躍したそうです」

実績を上げてきたのか。女性でこんな立場なのだから、男以上に仕事ができるということなのだろう。

「しかも彼女、純金なんですよ」

川澄は純金という言葉をなぞった。たしか名古屋市内にある名門女子校に幼稚園から大学まで通うことだ。ショートカットに黒のパンツスーツが、かえって華奢な体つきと女らしさを際立たせる。いいところのお嬢様なのだろう。よくこんな世界に飛び込んできたものだ。

「私たちのチームにはDNA型鑑定やプロファイリングなどの専門家もおります。しかしどれだけ科学捜査が進歩しても、捜査の基本はやはりあくまで人。捜査員一人ひとりの力であることに間違いありません。事件のことを知る人が少なくなっている中、彌冨署の皆さんの力はどうしても必要です。ご遺族の無念を考えても、犯人を逃してはいけません。どうか彌冨署の皆さん、ご協力よろしくお願いいたします」

最後に美織は頭を下げた。

決してうまい話し方でもなかったし、これといって目新しい事実が語られたわけでもない。しかしその語り口には気持ちがこもっていて、その場の全員に十分届くものだったように思う。一同心をつかまれている。おまけにきれいで上品なので生意気な女だと思う男もいないようだ。

美織の横では署長が眉間にしわを寄せながらこちらを見ていた。私語が聞こえていたようだ。横を見ると、榊の姿はいつの間にか消えていた。

当直勤務を終え、川澄は自宅に向かった。

頭にあったのは、専従捜査班の二人が話していた十五年前に起きた事件のことだった。

当時、川澄は彌冨署で機動捜査隊に所属していた。署活系無線に連絡が入り、現場に一番乗りしたのは覆面パトカーで巡回していた川澄だった。捜査本部ができて川澄も応援に出た。

殺された柴崎曜子は先輩刑事、柴崎佐千夫の娘だ。曜子は当時、二十三歳。明るくて優しい子だった。女性の変死体が曜子であると気づいた時、全身の血が凍るような感覚に襲われた。こんなことは後にも先にもない。幾多（いくた）の遺体を見て慣れたつもりでいたのに、足ががくがく震えた。

川澄さん、と明るく呼びかけていた曜子の笑顔が浮かび、このまま体がひび割れて砕け散ってしまうのではないかとすら思えた。今夜を含め、これまで何体の遺体に接してきたのだろう。だが今もなお、深く脳裏に刻まれた遺体はこの柴崎曜子のものだけだ。

地下鉄を降り、しばらく歩くと平凡な一軒家が見えてくる。ただいまと台所に向かうと、妻の多映子が涙目で玉ねぎを刻んでいた。ひき肉のパックが横に積んである。かつては制服に包まれた肢体（したい）に興味をひかれたものだが、今では贅肉（ぜいにく）が腹部を覆っている。

「ああ、お父さん、おかえりなさい」

妻の多映子も元警察官だ。警察一家。そう呼ばれるのを日葵は嫌って警察官にはなりたくないとずっと言っていたのに、池にだけは落とすまいとして落としてしまうゴルファーのように警察官になった。結局運命には逆らえないのかもしれない。

「日葵から聞いた？　明日のこと。午後三時。午前じゃないから」

申し合わせたわけでもないだろうに、多映子は日葵と同じことを言った。

「行く。行かないと今度はブータンあたりに行って帰ってこなくなるからな」

「ああ、スリランカの時はびっくりしたわよねえ」

多映子は大きな口をあけて笑った。

「それで母さん、山田(やまだ)ってのは、どんな奴なんだ」

世間の若い娘はみんなそうかもしれないが、日葵は母親には色々話す一方で男親の自分には話をしてこない。山田太士(ふとし)という名前以外に詳しいことは聞いていない。ネットで山田太士と検索してもそれらしい人物は出てこない。ただ多映子には付き合っている相手のことを今でも話していたようだ。

「公務員ですって。お堅い人みたいで安心したわ」

意外だなと思いつつも、川澄は追及の手を緩めなかった。

「日葵はそいつとどうやって知り合ったんだ」

「事情聴取みたいね。ほら、やっぱり気になっているんじゃない」

多映子は挽き肉をこねながらにやにやした。

「そうじゃない。公務員なら次の日も仕事があるだろうし、前もっていろいろ知っておいて、顔合わせをさっさと終わらせた方がいいと思ったんだ」

「あなたが明日がいいって言ったんでしょ」

多映子は両手でハンバーグをぺたんぺたんとやりながらあきれていた。まあ、その通りだ。川澄は自分の休日である平日を指定した。というより断られるのを期待してわざとそうした。しかしその男はあっさりオーケーしたのだ。

「山田さん、あなたに負担かけないように予定合わせてくれたのよ。ちゃんと山田さんとお話ししてちょうだいよ」

内心ひねくれているのをちくちく攻撃されているようだ。どうせ口では多映子に勝てないので、黙って茶碗を手に取り湯を注ぐ。

「それより……」

多映子は鼻をつまむ仕草をした。

「ご遺体の仕事のあとは帰ったらすぐにお風呂場って言ってるじゃない」

生返事をすると、お茶漬けをかきこんで、風呂場に向かった。

「洗濯物も入れておいてね」

事務的にシャワーを浴びて二階に向かう。いつの間にか、階段を登るのが億劫になっている。だからというわけではないが、階段を登ったところで足が止まった。

二階の奥には日葵が使っていた部屋がある。ノブの上にＫＥＥＰ ＯＵＴのステッカーが貼られていて、『父、立ち入り禁止』という注意書きがある。多映子は入ってもいいらしいが、おそらくいまだにこの標識は有効だ。

寝室に入って布団に大の字になった。日葵のことを思い出す。子供のころはよく遊んでやった。刑事である父親に向けられていたのは尊敬のまなざしだったと思っている。お父さんが刑事だってよそであんまり言っちゃだめだぞ、と指切りげんまんをしたこともある。

お父さん大好き、としょっちゅう抱きついてきた日葵が他人行儀になったのは小学校の六年の時だった。小学校最後の運動会だから必ず見に行くと約束していたのに、緊急の事件で呼び出されて行けなかった。日葵は川澄にいいところを見せようと必死で頑張って初めて一等賞を取ったのに、見てやることができなかった。家に帰ると日葵は自分の部屋にこもって泣きじゃくっていた。

刑事課の仕事は忙しく、多感な時期とも重なり関係が修復できずに何年も過ぎていった。いつの間にか売り言葉に買い言葉でつい皮肉めいたことも言ってしまうようになったが、自分にとっては今でも可愛い娘なのだ。

日葵が自分と同じ警察官になったのをきっかけに、いつかあのころのように、と思っていたのだがその前に結婚がやってくるなど思いもしなかった。

あまり考えていると嫌になるので、カーテンを閉めて目を閉じた。

仮眠を取った後、川澄は車で外に出た。

少し走ると、密柑山公園という小さな公園が見えてきた。ブロック塀に人参やきゅうり、いちごに柿など擬人化された野菜やくだものが手をつないで遊ぶ絵が描かれている。みかんやま公園なのに、どうしてみかんがいないの？　小さいころに日葵から投げかけられた問いを、この壁を見るたびに思い出す。

向かったのは先輩の退職刑事、柴崎佐千夫のところだ。通りを少し進むと、柴崎という表札が見える。家自体は古いようだが、小ぎれいにしてあった。庭に小さな畑がある。その横にある犬小屋には「ＭＡＲＯ」と書かれていて白い犬がしっぽを振っていた。川澄は頭をなでる。

連絡はしていないが、いないなら仕方ない。

留守かなと思っていると、マロがワンと吠えた。大柄な男が自転車に乗ってこちらにやって来た。

「よう、なんだおい、久しぶりだな」

「すみません、連絡もなしに」

車庫に自転車を停めた柴崎は、川澄を見て笑顔をこぼした。

「まあ、上がってくれ」

　柴崎の巨体に続いて遠慮なく上がった。柴崎は還暦を過ぎ、癖の強い髪には白いものが増えた。その眼鏡をかけた大きな顔は、密柑山公園の白菜おじさんにそっくり、そう子供のころの日葵が笑っていた。

「相変わらず、元気そうですね」

「一日に二時間、自転車で走ってる。その後でマロの散歩だ」

　和室に招かれる。終の棲家だからきれいにしたいと、柴崎はタバコをやめたらしい。ペットボトルの緑茶が無造作に置かれた。

「三輪子さん、また入院されたんですか」

「ああ、俺ばっかり体が頑丈で困ったもんだ」

　川澄は話すかどうか迷ったが、黙っていて後で知られると気まずい。そう思って日葵の結婚のことを切り出す。柴崎はおめでとうと笑顔をくれた。

「日葵のことだから、ここからでも破談になるかもしれませんよ」

「そんなこと言ってお前がそうなって欲しいんだろ。日葵ちゃんを手放したくないから」

　顎をさすって、柴崎はにやにやしていた。

「そういうわけじゃないんですがね」

「娘を持つ気持ちはよくわかるさ。親にとって娘はいつまで経っても娘だもんな。他の男に取られるのが納得できんなら、思いっきりすねてやれ」

柴崎の人生論に関する独演会が続いた。それは聞くべき内容を持っていたとは思うが、むしろ悲しさの方が勝った。

「最近、ご無沙汰してしまってすみません。これ、お供えです」

川澄は持ってきたお土産の箱を渡した。立ち上がると、仏壇に向かって座り直し、手を合わせた。目を向けたのは優しく微笑む若い女性の遺影だ。柴崎曜子。黒目がちで、鼻筋が通っている。口元にほくろ。あごもほっそりして面長。あまり似ていないが柴崎の娘だ。

曜子が殺された後の、捜査本部の熱気はすさまじかった。柴崎は涙を見せず、気丈にふるまっていた。その姿に誰もが同情し、犯人逮捕への思いをますます強くしていった。柴崎は捜査一課で長年、エース的存在だった。捜査一課から一個班が投入され、彌冨署始まって以来とも言われる大捜査が始まった。

被害者によって差をつけてはいけないのは当然だが、人のやることだ。情が絡むのはやむを得ない部分もある。機動捜査隊にいた川澄も協力を申し入れた。絶対に犯人を逃さない。その思いから不眠不休で犯人を探した。しかし必死の捜査にもかかわらず、犯人が見つかることはなかった。

「今日、専従捜査班の連中が来ましたよ」

「梶野だろ？　うちにも来た。きれいなお嬢さんを連れてな。まあ、真面目なやつだが期待はできんわな」

仏壇には遺影がもう一枚あった。高校生くらいの少女がピースサインをして微笑んでいる。彼女は曜子の妹、和可菜だ。

曜子に続き、不幸にも二年後、妹の和可菜も病死した。まだ十七歳で白血病だったらしい。柴崎は短い間に娘を二人とも亡くしたのだ。

「この辺もずいぶん変わりましたね」

住宅街なのに小さい畑がぽつりぽつりある。以前はもっと畑が多かったが駐車場や新しい家が増えた気がする。それでも最近は家庭菜園が静かなブームなのか貸し農園なんてものもあった。今日も親子ではしゃぐ姿を見かけた。

忘れていた記憶がよみがえった。小さい日葵を連れて柴崎家へ遊びにきた時、みんなで一緒に庭で芋掘りをした。日葵はしりもちをついて大泣きだった。だが曜子と和可菜が上手に慰めてくれ、掘った芋で鬼まんじゅうを作ってくれた。日葵は口いっぱいに鬼まんじゅうを頬張り、いつの間にかにこにこだった。家庭菜園は仲のいい柴崎家の憩いの場だった。

「俺が一人でやることになっちまうとは思わなかったけどな」

「柴さん……」

「二軒隣に住むばあさんが寝たきりになってな。向こうの畑まで俺が面倒みる羽目になっちまったんだ。このままずっと世話をすることになるかもしれんが、まあ困った時はお互い様だからな」

柴崎は苦笑いしていた。

「川澄、お前がまだうちの娘たちのことを気にかけていてくれるのはうれしいよ。けどな、せっかく日葵ちゃんが結婚するって時に辛気臭い顔はやめとけ、な」

曜子の事件から川澄はますます仕事にのめり込んでいった。十五年間、ずっとこの事件が心を占めている。だが新証拠もなく手詰まりというのが正直な感想だ。

何の気なく壁にかかったカレンダーを見ると、今週末の土曜日に赤いペンで丸がしてあった。『18時から20時、日進市アメニティスクエア』と書いてある。

「あれか、遺族会の集まりだよ。俺一人だし、地下鉄で行くのも面倒なんだがな」

柴崎は頭を掻いた。

「そうでしたか」

「三輪子と一緒に長いこと行ってたもんで、義理でな。事件のことをわざわざ考えたくないんだがな。もう犯人は見つからんだろうし」

土地鑑からは犯人はまるで割り出せなかった。関係者を探る敷鑑（しきかん）からも決定的な容疑者は浮かばなかった。犯人らしき人物を目撃した者はいたのだが、犯人逮捕には結びついていない。それでもこの事件の犯人だけは意地でも捕まえたい。川澄はずっとそう思っている。

「柴さん、俺はまだあきらめてませんので」

「だから辛気臭い顔すんなって」

袋に入ったサツマイモが、どんとわたされた。

「日葵ちゃんの結婚式に呼んでくれればいい」

川澄は言葉を返せないまま、柴崎宅を後にした。

柴崎との出会いは高校生の時だ。その後、警察官になってから再会した。刑事に推薦してくれたのも柴崎だし、いい娘がいると多映子を紹介してくれたのも、結婚式の仲人になってくれたのもこの柴崎だ。日葵が生まれると、自分の娘のようにかわいがってくれた。

曜子が殺されたあと、和可菜は不登校になった。三輪子も精神的に参ってしまい仕事を辞めた。柴崎家の壮絶な状況に、少しでも助けになれることはないかと必死で考えた。三輪子が食事を作れなくなったと聞いたから、多映子の作った料理を届けたり、欲しいものはないかと差し入れをしたりした。

曜子の死についてまだ幼い日葵には黙っていた。だがお姉ちゃんたちのところに遊びに行こう、と日葵が何度も言うので返答に困った。多映子と相談してもう少し大きくなってから伝えようと思っているうちに、今度は和可菜が病気になったと聞いた。日葵を連れてお見舞いに行き、まもなくしてお葬式に行くことになった。その頃には説明しなくてももうお姉ちゃんたちはいないのだと日葵は理解していた。

曜子の事件から十五年。時間は流れていく。自分はこの十五年、何をしてきたのだろう。柴崎はこの十五年、どういう気持ちで過ごしてきたのだろう。

刑事課の仕事は忙しい。日々の仕事に追われて時間ばかりが過ぎていき、自分の無力さを痛感する。迷宮捜査。それは迷宮入りの事件を捜査しているうちに、自分が抜け出せない迷宮に入りこむことに思えてしまうこと。そんなことを考えながらいつものように何もできないまま、助手席の袋からはみ出たサツマイモを見つめた。

2

柴崎に会った翌日、地下鉄に乗った川澄は栄で降りた。

秋晴れの空の下、ドン・キホーテ前で足を止めると、しばらく観覧車を見上げた。

女子高生たちがこちらを見てひそひそ話をしている。サンシャインサカエの観覧車Sky-BoatにはSKE48の写真が大きく印刷されていた。いい年をしてアイドルのファンなのかと笑われたのだろうか。

川澄が見上げていたのはSky-Boatではない。その左の奥にある三越ビル屋上にある小さな観覧車だった。この観覧車には昔、日葵と一緒によく乗った。多映子が買い物をしている間に、屋上の子ども遊園地で遊ばせていた。その思い出が浮かんでくるのだ。

待ち合わせ時間まで、少し時間があった。この辺りは彌冨署に来る前に配属されていたエリアでもあるので懐かしい。川澄は山田との顔合わせで使うホテルラウンジを確認してから、栄地下街への階段を下りた。

何本か柱が建っている。クリスタル広場という、栄では昔から有名な待ち合わせ場所だ。かつては中央にクリスタルが飾られていたが、今はない。

「お父さん」

高い声に振り返ると、若い女性がいた。

濃いベージュのワンピースに高いヒールの靴。少しウェーブのかかったロングヘア。娘の日葵だ。普段は独身寮にいるので会うのは久しぶりだ。家にいる時はジャージでごろごろしているのしか見たことがなかった。いつの間にこんなに大人っぽくなったのだろう。

日葵の横には、多映子がいつもはしない化粧をして立っていた。

「よかった。ちゃんと来てくれて」

栄地下から外に出てしばらく歩く。ホテルのラウンジに向かった。混み過ぎてもおらず空き過ぎてもいない。席の間隔がゆったりしていて話しやすそうだ。

川澄はソファーの背もたれに上着をかけて腰を下ろした。

「お父さん、余計なことは言わないでね」

わかってる、と川澄は右手を大げさに振った。

「挨拶だけして後は無言でもいいから。無口なんですってフォローしてあげるし」

　ストレスが溜まって仕方ない。水を一気に喉に流し込んだら、テーブルに少しこぼしてしまった。川澄が袖口でぬぐおうとすると、多映子が何やってるのよとおしぼりでテーブルを拭いてくれた。日葵はしかめ顔だったが、その顔はすぐにほころんで、天使のように優しくなった。

「あ、山田さん」

　手を振る日葵の視線の先には、きょろきょろと辺りを見渡すスーツ姿の挙動不審な男がいた。

「こっち、こっち」

「あ、そこでしたか。すみません。今行きます」

　小太りな男は、日葵の声にようやく反応してやって来た。

「は、初めまして。山田太士と言います」

　川澄の姿を認めると、立位体前屈測定のように山田は深くお辞儀をした。

「こちらこそ」

　多映子も立ち上がって競うように深く頭を下げた。川澄はよろしくと軽く会釈した。

「遅れて申し訳ありませんです」

　秋も深まり、肌寒いくらいなのに、山田の頬を汗が流れ落ちていた。

「大丈夫よ、山田さん、まだ時間前だから」

日葵はいつもとは違って、にこやかだった。山田は面接試験を初めて受ける就活生のようにがちがちに緊張していた。

「とりあえず、注文しよ。私、コーヒーで。あったかいの」

「あ、僕もコーヒーでお願いします」

「山田さんはいつもコーヒーはアイスだよね。汗だくだし」

日葵が付け加えると、山田はすみません、と何度か頭を下げた。すぐに多映子も追随してコーヒーを注文した。

川澄だけはメニュー片手に悩んだ挙句、スイカとイチゴのデトックスウォーターを注文した。日葵の口角がかすかに動いている。

「すみませんね、山田さん。この人、変わり者だから気にしないでね。自己主張しないと気が済まないんですよ」

多映子が取り繕(つくろ)った。

「いえいえ、とんでもないです」

山田はハンカチで滝のように流れる汗をぬぐった。

川澄はデトックスウォーターを飲みながら、山田を観察する。三十歳になったばかりだと聞くが、ぱっと見た感じ、小太りで冴(さ)えない男だ。日葵が選んだにしては意外な気がする。どう見ても山田はイケメンではない。

一つだけアイスコーヒーだったはずがホットコーヒーが三つ運ばれてきた。山田は驚いた顔だったが、熱いのを我慢して飲み、さらに汗をかいていた。人がいいのか強く言えないだけなのか、川澄を前に緊張でどうしようもないのか、見ていて少しいらいらした。

「山田さん、ご出身はどちらなの？」

「名古屋市です」

「あら、名古屋だったら異文化にびっくりすることなんてないわねえ。私なんて和歌山の出だから、こっちに来た時はなじめなくて困ったのよ。おでんがお味噌で驚いちゃったわ。マヨネーズみたいにお味噌を常備しておくじゃない。ここまで味噌、なんじゃこれーって。あと変な言葉あるでしょ？　尖ったものをときんときん、とか言うじゃない？　あれ意味不明すぎだわ」

さすがに多映子。よくしゃべってくれて助かる。

「私はそれ、標準語だって思ってたけど。名古屋弁だって最近気づいたの。鉛筆ときときに削ってとか普通に言うし」

日葵が多映子にかぶせた。後は任せたとばかりに黙っていると、肘でつつかれた。お父さんもしゃべりなさいという意味らしい。なんだよ……。

「公務員と聞いていましたが、どんな仕事を？」

川澄が問いかけると、山田は瞬きした。

「あ、警察官です」

「なに？」

思わず渋い顔をすると、山田はきょとんとした顔で日葵と多映子を見渡した。横では多映子が含み笑いしている。知っていて黙っていたようだ。

「どこの署ですか」

「県警本部の捜査一課。最上係長の班です」

川澄は口を半開きにした。最上班は帳場が立つような重要事件があると投入される班だ。横で日葵は少し得意げな顔になっていた。優秀な刑事は所轄署と県警本部を往復する形で出世していくことが多い。川澄はそのコースではない。一方、山田は二十代のうちに県警本部の捜査一課に引っ張られたらしい。こう見えて優秀なのか。

「すごいわよね。この若さで捜査一課の刑事さんだなんて。今日は本当にお忙しい中、都合つけてくださってありがとうございました」

多映子に褒められた山田は素直に顔をほころばせた。

「い、いえ、とんでもないです。一線署の刑事さんの方が大変だと思います」

一線署とは所轄署のことで、現場の第一線で頑張るという意味がある。ただし使いようによっては嫌味に聞こえなくもない。

「一つ聞いてもいいかな」

川澄は取り調べのように肘をつき、手を顔の前で組んだ。

「あ、はい」

山田は硬直したように背筋を伸ばした。

「十五年前に起きた柴崎曜子さんの事件、知ってるかな」

「え？　あ、はあ」

「あれについてどう思う？」

日葵と多映子は顔をしかめた。

「それはあの、何と言いますか」

「ちょっとお父さん、こんなところでいい加減にしてよ」

「ごめんなさいね、山田さん、この人、頭の中が仕事のことばっかだから。もうほんとしょうがないわね」

案の定という感じで日葵と多映子が割って入った。

仕事の話は中断されて、それからはほのぼのとした話が続いた。多映子は興味津々という感じで根ほり葉ほり聞いていった。

「じゃあ山田さん、趣味は謎解きゲームなの？」

「そ、そうなんです。日葵さんに連れられて」

「でも山田さん、簡単な謎でも全然、解けないのよ」

「お恥ずかしい。すみません」

「刑事なのにおかしいでしょ？」

多映子と日葵が笑うと、照れ隠しのように山田も笑った。

いつしか川澄はのけ者にされていった。ちびちびとデトックスウォーターを飲む。山田は早くも日葵の尻に敷かれている感じだった。頼りなさげな山田を見て、こんなやつで日葵は本当にいいのかとも思ったが、どうせ自分が何を言っても無駄だ。

「ほらお父さん、これが謎解きゲームよ」

話の輪に入れない川澄を憐れむように、多映子がスマホの画面を見せながらゲームの説明をしてくれた。謎解きキットを買って、指示された場所を推理してそこに行くと次の指示が出るらしい。

「体験版があるから、ほら、やってみなさい」

日葵のスマホを渡された。指示はスマホで送られてくるという。

やがてコール音がして、川澄は通話に出た。

耳にスマホを当てると、聞こえて来たのは刑事ドラマなどでよくある器械で変えた声だった。

「お前の娘を誘拐した」

川澄は息をのんだ。

「返してほしければ、指示されたところに来い」

「なんだと」

川澄は立ち上がった。膝がテーブルに当たってコップの水がぐらりと揺れた。いつの間にか日葵の姿が消えている。大声を上げたので周りの客が一斉にこちらを向いた。

「ちょっとお父さん、これゲームだから」

多映子が慌ててスマホを奪い取った。すみませんねと周りの客に頭を下げている。山田はあんぐりと口を開けている。

「もう何やってんの。これはゲームだって言ってるじゃない。主人公は娘を誘拐されたって設定になってるのよ」

「母さん、日葵はどこだ？」

「化粧室行くってさっき言ってたじゃない。だからその間に謎解きゲームのこと、あなたに教えてあげたのよ。もう恥ずかしくて、穴があったら入りたいってこのことだわ」

多映子は情けなさそうに睨んできた。いつの間にか戻ってきた日葵も状況を察知したようで、額に手を当てていた。もはやかける言葉もないという顔だ。

「最近の謎解きゲームはリアルですからね」

山田にフォローされると、余計にみじめに思えた。

思わぬ恥をかかされてしまい、それから川澄は口を閉ざした。何もなかったかのように三人の会話は進んでいく。

それにしても相手が刑事とは思わなかった。捜査一課ということは帳場が立つような事件でもない限り、一緒に仕事をすることもないだろう。事実、これまで全く会わなかったのだ。その点では心配しなくていい。

「山田さんって、すぐ謝っちゃうのよね」

「はあ、すみません。ああっ」

声を上げながら口を押さえる山田を見て、多映子と日葵は笑った。

川澄は愛想笑いさえできずに一人取り残された格好でデトックスウォーターをちびちびと飲んだ。まあ、今日はどうせ顔合わせだ。こうして逃げずに出てきたのだからこれで責任は果たした。

一時間ほどで顔合わせは終わった。川澄を除く三人は盛り上がっていて、記念写真も一緒に撮っていた。川澄はカメラマンの役だ。

「それじゃあ山田さん、今度は家にも遊びに来てちょうだいね」

多映子が満足そうに山田の肩をぽんぽんと叩いた。

「あ、はい。今日はありがとうございました」

最後に思い出したように名刺を交換して、山田とは別れた。今日、日葵さんをくださいと言われるのではないか。どこかでそうおびえていたが、何事もなく終わってほっとした。

3

和菓子屋で栗(くり)きんとんを買った。

自転車の前かごに入れると、柴崎佐千夫は飯田街道をしばらく走った。栗きんとんは妻、三輪子の好物だが食べる元気はあるだろうか。

曜子が殺されてから十五年が経つ。三輪子は二人の娘を相次いで失い、精神的な疲労が重なったからか、年々、体調を崩すことが増えていった。ここにきてさらに体調が思わしくなく、入院している。

定年退職してからもう七年が経つ。自分の警官人生は恵まれていたように思う。だがあの日からすべてが変わってしまった。

曜子の死の直後、家庭は崩壊寸前だった。自宅はマスコミに囲まれ、外出もままならず、一度仕事に出るとなかなか帰って来られなかった。ずっと仲が良かった妻の三輪子とは責任のなすりつけあいのように喧嘩ばかりになってしまった。一人暮らしは曜子の意志だったが、もっと強く止めていればこんなことにならなかった。仕事ばかりしてないで曜子のことをちゃんと気にしてやっていればよかった。そんな内容だ。

今思うと二人とも心も体もおかしくなっていて、お互いに思いやる余裕をなくしていたように思う。毎日二人とも曜子のことで頭がいっぱいで、和可菜のことはほったらかしになっていた。和可菜はよく笑う明るい子だった。茶目っ気があって人を驚かすことが大好きだった。時にはいたずらが過ぎて怒られることもあったが、曜子と柴崎が気まずくなった時、サプライズを企画していつの間にやら仲直りさせてくれたこともあった。それなのに事件後はほとんどしゃべらなくなり、学校にも行かずにずっと引きこもっていた。

目撃証言もあって、犯人は早く捕まるかと思われた。しかしなかなか見つけられないまま月日は経っていった。大量の人員が投入された捜査本部も次第に規模を縮小し、あれだけ騒いでいたマスコミの姿も消えていった。

周りからかけられた何気ない言葉がつらかった。親戚からは和可菜がいてよかったと励まされた。そこに悪意はない。しかしそんなことで気が楽になるわけがない。もう一人娘がいようと、そんなことは曜子を奪われた悲しみとは関係ない。その言葉を聞いた和可菜は、私が死ねばよかったと漏(も)らした。

それでも時間の経過とともに、家族は何とか崩壊の危機を逃れた。川澄や周りの人たちの気遣い、被害者支援機関の支えもあって、本当に少しずつだったが日常生活を取り戻しつつあった。まるで犯人が見つからないのと引き換えのように。

曜子のためにも、残された自分たちはしっかり生きなくては。そう思えるようになった時に、再度、悲劇が待っていた。

まるであの時の親戚の言葉を試すかのように和可菜が病に倒れた。急性骨髄性白血病という診断だった。目の前が文字通り白くなった。曜子が殺された後、和可菜も傷ついて不登校になってしまったのに、父も母も親として支えてやれなかった。今さらながら後悔した。柴崎も三輪子も骨髄移植はできず、必死でドナーを求めたが提供者も現れることなく、和可菜は曜子の後を追うようにまもなく帰らぬ人となった。

十分ほどで八事にある大きな病院に着いた。自転車を止めると、柴崎は病院内に入った。三輪子の待つ病室に向かう。

カーテンが少し開いていて、光がベッドに少し差し込んでいる。三輪子は気持ちよさそうに横になっていた。

「ああ、来てくれたのね」

三輪子は瞬きして目を開けた。

「起こしたか。悪いな」

柴崎は仕切りのカーテンを開けて中に入った。

「これ、好きだったろ。今ちょうど季節だからな。店にも客がいっぱいだったぞ」

栗きんとんをテーブルの上に乗せた。ありがとうと三輪子は微笑んだ。

「そういえば日葵ちゃん、結婚するらしいぞ」

「え、そうなの？　日葵ちゃん、もうそんな年なの」

川澄の娘、日葵が結婚するという情報については、伝えるべきかどうか迷った。三輪子はどう思うだろう。曜子や和可菜のことを思い出し、生きていれば今頃あの子たちも……とつらくなるのではないか。だが今言わなくともじきに伝わるだろう。

「ねえねえ、相手、どんな人なの？」

根掘り葉掘り聞かれた。杞憂だったなと柴崎は苦笑いした。まるで日葵の母親のような反応だ。

「いい人だといいけど」

「川澄も自分が結婚したのが二十三の時だったからな。まだ早すぎるって反対できんのだろう。まあ、俺たちも人のことは言えん」

「ふふ、そうね」

それから一時間くらい話をした。夫婦の会話は日葵の結婚話から自分たちが結婚したころの思い出話に向いていく。柴崎と三輪子はともに県境の小さな村で生まれた。従兄妹どうしで家も近く、小さなころから仲が良かった。進学と同時に村を出て、二人でそのまま名古屋で就職し、結婚した。

「じゃあ、そろそろ行くよ」

「ええ、またね」

三輪子を残し、病室を出た。

廊下で金髪の若者とすれ違った。歯がやけに白く、サーファーのように日焼けして耳にピアスをしていた。チャラそうなやつだなと思ったが、看護師にドナー登録の説明を受けていた。人を見た目で判断したことを少し恥じた。

和可菜の死後、柴崎と三輪子は骨髄バンクにドナー登録した。もう二人の娘が戻ることはないが、せめて誰かの命が救えるならと思ったのだ。そして登録して一年もしないうちに連絡があり、柴崎は骨髄を提供した。

手術は思ったほど痛くはなく、カテーテル挿入で残尿感があったのが辛いくらいだった。地方公務員の規定があって、骨髄提供のために入院する場合はその期間は休暇がもらえる。刑事仲間に骨髄移植の話をした時には、仕事をさぼる言い訳だと冗談を言ったが、本当は人の命を救うために役に立てたことがうれしかった。

プライバシー保護のため、骨髄移植を受けた患者の名前はわからない。だがのちに感謝の手紙をもらった。そこにはあなたのおかげで助かりました。本当にありがとうございます、という感謝の言葉がつづられていた。あの骨髄提供と動物愛護センターから引き取った犬、マロのおかげで止まっていた時間がゆっくり動き始め、三輪子と二人、何とかやってこれたように思える。

自宅に戻ると、マロをつれて散歩に出た。

マロは白い雑種犬だ。三輪子は栗が好きなので最初はマロンと名付けたが、柴崎が犬小屋に名前を書こうとした際、最後に「N」を書くスペースがなくなってマロになってしまった。三輪子は一人でいることが多くなったので、マロを引き取るととても喜んだ。無邪気でやんちゃなマロのおかげで三輪子は再び、笑顔を見せるようになっていた。

今日もマロは元気そうだ。柴崎はいつもの散歩コースを外れて、少し遠くまで行ってみることにした。思考はどうしても曜子の事件に向く。

やがて交番が見えてきて、その前で立ち止まった。

中には制服警官がいて、年配の女性とにこやかに話をしている。事件の類ではなさそうで、すぐに女性は出てきた。

「ありがとうございました」

「いえいえ、お気をつけて」

客商売のような丁寧さで、その制服警官はお辞儀を返した。女性の方も満足した顔で手を振って去っていく。警官に声をかけようかと思ったが、すぐに近所のおばさんがやってきた。警官はうなずくばかりで一方的に話を聞かされている感じだった。

ようやく話が終わって、制服警官は柴崎に気づいた。

「ああ、あなたは」

制服警官は童顔だがもみあげが半分白い。以前は制服がぎこちないくらいひどく若いイメージがあったのだが、こうして見ると急に老け込んだように映った。

「青山さん、先日はどうも」

　この青山陽太は親子二代警察官で、交番勤務が長い。この様子なら、どうやら地域住民から親しまれている様子だ。

「何か事件でもあったんですかな」

「いや、ただの落とし物ですよ」

　落ちていた財布を年配の女性が届けてくれただけらしい。次に来た女性はただの世間話だったようだ。人当たりがいいからか、話し相手にされているようだ。

「曜子の命日に来てくださってるとは今まで知らなくて。ばったり会った時は驚きましたよ」

「いえ、当然のことです」

　青山は曜子の事件の際、現場近くの交番に勤務していた警官だ。曜子が暮らしていた地域の不審者情報や事件などについて、一番知りうる立場にあった。捜査本部でも何か有力な情報はないか、青山に何度も確認したが、特になかったらしい。今も曜子のことは気にしてくれているようで、この前の命日に、曜子の墓で偶然会ったばかりだ。

「未解決事件専従捜査の対象になったらしいが、なかなか難しいでしょう。私も何か出来たらと思いましてな」

「そうですか」

青山は顔を伏せた。

「まあ、私も年ですからな。引退すればただの爺さんですわ。まあ、それでも……ね」

「何かわかりましたらすぐにお知らせしますから。柴崎さんは今までの分、ゆっくりしてもらって、現役の自分たちにまかせてください」

青山はようやく顔を上げて微笑んだ。それからしばらく話したが、事件に関することは特に何も得られなかった。

柴崎はしばらく、堤防沿いを歩いた。鉛筆のような東山スカイタワーが遠くに見える。現場の人間たちが曜子の事件を今も調べてくれているのだろうが、現状は厳しいとしか言いようがない。

だが事件発生当初からまるで手掛かりがないわけではなかった。事件直後、曜子の部屋から男が出てくるのを大学生が目撃している。だから最初は早く犯人が見つかると思われていたのだ。

らくだ男。

犯人候補はそう呼ばれてきた。曜子と同じアパートに住む学生は目撃した男を、目が垂れ、まつげの長いらくだに似た男と表現した。捜査員の中でいつの間にかその呼び名が定着したのだ。

　曜子の交友関係について調べている時に、曜子と一番仲が良かった友人から、曜子は当時、好きな男性がいたと聞いた。曜子の片思いか付き合っていたのか今となってはわからないが、相手は警察官で、だからこそお父さんには絶対内緒と話していたという。出会いの少ない同士、保育士と警察官の合コンが多いのだと若い部下に聞いたことがあるので、あながちない話ではない。もっともその友人もそれ以上詳しいことは知らなかった。

「柴崎さん」

　呼び止められて振り返った。青山が息を切らせて追いかけてきた。

「どうかしましたか」

　自分から呼び止めたくせに、青山は口ごもっていた。

「いえ、すみません。らくだ男は必ず逮捕します」

「そうか、ありがとう」

「それでは」

　青山は表情が暗かった。さっきまで明るく住民の対応をしていたし、柴崎とも穏やかに会話をしていたのにどうしたのだろう。何か言いたそうに見えたが。まあいい。青山には曜子の墓参りの礼が言えた。事件の新情報など期待していなかった。三輪子もあの調子ではいつまで元気でいられるかわからないし、自分だけがじっとしていることなどできず、つい事件のことを知る人間と話したくなっただけだ。

足元でマロがくうんと小さく鳴いた。長く歩いて疲れたか、悪かったなと言って頭を撫でてやった。

見上げると、夕焼けがきれいだった。

4

調書の作成はなかなか終わらなかった。

川澄はため息をついて肩をコリコリと鳴らした。山田との顔合わせは何とか無事に済んだ。だが今度は家に来るという。どうしたものだろうか。まあ、すぐではあるまいし、ぐずぐずして引き延ばしてやればいい。

彌冨署の刑事課では川澄のシマが一番大きい。整理整頓が出来ない中年刑事は、両隣の席の者だけではなく誰から見ても厄介なものだろう。

対照的に係長、谷口良二の机の上はきれいに片付けられていて、空いたスペースに小さなログハウスがいくつも飾られている。いずれもマッチ棒を組み合わせて作ったものだ。職人芸としか言いようがない。

「また交通課でもめていたんだよ。俺が仲裁してやって事なきを得た。女帝って呼ばれているおばさんがいるだろ？　あの人に相談者がキレたんだ」

谷口は交通課にいる女性警察官の悪口を言い始めた。

「まあ、あのおばさんが言うことはいつも正しいけど、正直、クレーマーの男性に同情しちゃったわ。あの態度は何とかならないかねえ」

年齢は一つ上で彌冨署に来る前も時々一緒に仕事をした。この谷口も川澄同様、出世には無頓着だ。ということにしておきたいだけで、実際にはひがみが見て取れる。暇なのかやたらと話しかけてくるので困ったものだ。

電話が鳴って榊が受けた。暴行事件があったので来て欲しいという内容だ。

「川澄、すまんが頼むわ」

谷口のぐちから解放されて、事件発生で現場に向かうことになった。嫌がる榊を連れて駐車場に向かう。天白川(てんぱくがわ)の方だ。

パロマ瑞穂スタジアムを通り過ぎると右に折れた。小さな教会前を過ぎてから車を停める。

地域課の警察官と、箒(ほうき)を手にした七十歳くらいの女性が興奮気味に話していた。

加害者は逃げたのか姿が見えない。それどころか被害者もいない。この女性は単に喧嘩する二人を目撃しただけらしい。騒動はすでに終わっているのだ。

横で地域課の警察官がすまなそうな顔をしていた。どうやら被害者といえる者すらいないくだらない喧嘩のようだ。

「こら、あっち行きなさい」

女性はごみをあさるカラスを箒で追い払った。

川澄はすっかり馬鹿らしくなって、後の世話を榊に任せて事件現場を離れた。まあ、所轄の刑事課の仕事などこんなものだ。面倒な事務仕事が溜まっているのに無駄な時間を使わせやがってと一々怒っていては身が持たない。何年も帳場が立たない警察署などざらにあるし、柴崎曜子のような事件が頻繁に起こるよりはずっといい。

うろこ雲の下、川の方に少し歩いた。

堤防を登って天白川沿いを行く。散歩コースになっていて、河川敷を見るでもなく眺めながら歩いた。ずっと頭を占めているのは、十五年前の事件のことだ。久しぶりに訪問した柴崎は元気そうだった。しかしその奥には今も変わらず深い悲しみがあるように思えた。遺族会に参加しているとは知らなかった。義理で参加していると言っていたが嘘だろう。せめて何とか犯人をこの手で捕まえてやりたい。柴崎があまりにもあわれ過ぎる。

多くのアパートが乱立する中、川澄は公園横にある七階建てのマンションを見上げた。十五年前、ここにはもっと小さなアパートがあった。メゾン中根という単身者向けのアパートだ。柴崎曜子はアパートを借りて一人暮らしを始めたばかりだった。ここでかつて殺人事件があったことをどれだけの人が知っているのだろうか。

何気なく駐車場に視線をやると、人影があって二度見した。男性が柴崎曜子の殺された部屋があったあたりを見上げている。まさかと思ったが、見知った顔だった。

「おい、梶野」

川澄が声をかけると、大きな顔に唇の厚い男が振り返った。

「なんだ、お前か」

梶野はどこかほっとしたような、残念そうな顔を浮かべた。

「何やってる？　こんなところで」

「見ての通り、仕事だよ。お前みたいにさぼっている暇はない」

梶野は高校を卒業後、警察官になった。川澄と同い年で警察学校時代からの知り合いだ。いつの間にか階級は違ってしまったが、憎まれ口を叩きあいながら時々一緒に飲む間柄だ。

今は捜査一課で専従班の班長として曜子の未解決事件を担当している。本当は川澄も一緒に捜査をしたいのだが、人事に逆らうことはできない。

「もう専従捜査班ができてしばらく経つだろ？　捜査は進んでいるのか」

未解決事件は以前、所轄の警察署で継続捜査の形になっていた。しかし最近は一つの事件に特化した専従チームがプロファイリングやＤＮＡ型鑑定などの科学捜査を行うようになっている。五年経過した事件は各警察署から、捜査一課の専従班が引き継ぐことになった。

「だからこの間も彌冨署で頼んだろ」

梶野は苦虫をかみつぶしたような顔をした。

「未解決事件の専門チームって言っても、大したことはないな。出世して訓示だけがうまくなったんじゃないのか」

皮肉ると、ふんと梶野は鼻を鳴らした。悪態をついたが、梶野のことは信頼している。こいつも柴崎とは縁が深く、曜子の事件を解決したいとずっと思っていたはずだ。

「こんにちは」

女性の声に思わず振り返る。

「彌冨署の川澄さんですよね」

屈託のない笑顔が惜しみなく降り注いできた。この前、彌冨署で挨拶をした女性だ。秋のさわやかな陽ざしの中で会うと、どこか十五年前に死んだ柴崎曜子と重なった。彼女のことは署内でも話題になっていて、梶野の話は誰も覚えていないが、彼女のことは誰もが覚えていた。

「こちらからは何度かお見かけしたんですが、ご挨拶はできなくて。お話をするのは初めてですね。沢木美織です」

美織はどこか遠慮がちに自己紹介した。

細身で小顔、ショートカットがよく似合う。とびぬけた美人ではないが色が白く、さわやかで凛(りん)とした印象を受ける。

「科捜研にいたんだが、専従捜査班に来てもらった」

　梶野がどこか遠慮がちに説明した。

「もともと刑事志望だったんです。私は若輩者なので捜査経験も乏しくて。彌冨署の刑事さんにはぜひ色々教えていただけたらと思っています」

　未解決事件の捜査では科学鑑定が重要になる。梶野によると、彼女が優秀なので無理を言って科捜研から専従班に来てもらったということだ。梶野はいい年して独身だ。美織がきれいだから引き抜いたんじゃないのかと冗談を言おうとしたが、このご時世、こんなことでもセクハラと言われそうなのでやめた。

「事件については俺もざっと説明したが、川澄、お前は機捜で真っ先に現場に駆け付けたから詳しいだろ」

「ん、ああ」

「沢木に事件について詳しく教えてやってくれるか」

　よろしくお願いします、と美織は頭を下げた。川澄は会釈すると、当時の様子を詳しく説明していく。アパートは既にマンションに建て替えられていて面影もないが、あの時の様子は今も脳裏（のうり）に焼き付いて離れない。

「死亡推定時刻は午後八時くらいだ」

　曜子は保育士として働いていた。勤務は交代制なので帰宅時間は日によってまちまちだが、勤務先で聞いたところ、その日は七時半に仕事を終えてそのまま帰ったらしい。帰宅してすぐに殺されたようだ。

「現場は二階だった。二〇五号室」

美織はうなずいてから、川澄が指し示す方を見上げた。

「部屋は電気がついたままで、鍵が開いていた」

最近多い老人の孤独死のように強い臭いはなかった。だがそこに横たわる女性が既にこと切れていることはすぐにわかった。

「人形が首を傾げたように壁にもたれていて、首筋がぱっくり切れていた。部屋一面が血の海でね……」

説明すると、美織は何度かうなずいた。話しているだけで、当時のことが思い出されて気分が悪くなる。

「現場写真は見ました。絶対に犯人を赦せません」

美織は怒りをにじませた。そのまっすぐな瞳は澄んでいた。

「即死だったんでしょうね」

「ただし刺された傷は一か所だけだった」

川澄は首筋を手で押さえた。天井まで血が届いていて、一目で死んでいるとわかった。曜子はすべての血を出し尽くしたように息絶えていた。部屋には凶器の包丁が残っていたが、犯人の指紋はなかった。現場の血液も曜子のものだけだった。

「凶器の包丁は外部から持ち込まれたんですか」

「いや、被害者の自宅にあったものだ」

特になくなったものもなく、物色されていなかったので物盗りの線は薄いとされた。

「顔見知りの犯行の線でも捜査されたんですよね。被害者に恋人とかいなかったんですか」

「いたようだ。誰だかわからなかったが、どうやら警察官だったらしい」

「恋人よりむしろ、ストーカーの線が濃厚だ」

川澄の説明に、梶野が割って入った。川澄は大きくうなずく。

「被害者はカーテンを閉め切って生活していた。誰かに見張られているとおびえていたようだ。勝手に合い鍵を作られ、侵入されたかもしれないと友人に話している。ただし警察には相談していなかったようだ」

警察に相談していれば違っていたのかもしれない。柴崎は自分が刑事だったので知られたくないと、警察に相談することをためらったのかもしれないと悔いていた。

「目撃者はどうですか？」

「同じアパートに住んでいた岡田光樹（おかだみつき）という大学生がいてね。この学生が事件後、被害者の部屋から出てくる男を目撃しているんだ」

岡田には何度も会って証言を得た。モンタージュも作られたのだが、いまいち役に立たなかった。本人は犯人の顔写真を見ればわかると言っているのだが、これまで該当する人間はいなかった。

「岡田は犯人についてらくだ顔の男と言っている」

「らくだ顔ですか」

わかるようでわからない表現だった。しかし捜査員の中ではこの表現がいつの間にか定着しているので仕方ない。

「川澄さん、現場には争った形跡があったと聞きました」

川澄は何度かうなずいた。

「外にも血痕があったんですよね」

その通りだ。廊下や階段、駐車場にも血の痕があった。血痕が残っていたのはこの辺りだったと、川澄は場所を示した。

美織は細い顎に手を当てたまま、しばらく考え込んだ。

「おかしいですよね。外で襲われて負傷した。部屋に逃げ込んだけど中で刺されたという状況だったなら一つ疑問が残ります。傷口は一か所だったんですよね?」

その通りだ。同じ個所を二度刺されたというのも無理がある。

「外の血痕も柴崎曜子さんのものだったんですよね」

「ああ、ＤＮＡ型鑑定の結果、すべて被害者のものだった」

川澄の代わりに、梶野が間違いないと答えた。

外の血痕については、犯人が返り血を浴びてそれが滴ったという説明しかできないだろう。川澄がそう言うと、美織はいまいち納得しきれない顔だった。

「じゃあな、梶野、ちゃんと犯人見つけろよ」

「ああ、任せろ」

「無理だと思っても心配すんな。俺がいつでも代わってやる」

川澄は憎まれ口を残して、事件現場を後にした。


当直勤務はまた、遺体との出会いが不可避だった。場所は豪邸が並ぶ高級住宅地で、その老人も亡くなったのは一人暮らしの老人だった。看取るものは一人もいなかった。密柑山の家に一人で暮らす柴崎のことが浮かんで、少し寂しい気分になった。

車が信号で止められると、榊はバックミラーを見ながら髪の毛を直し始めた。

「当直勤務でご遺体に遭遇したのはこれで三連続ですね」

「床屋代にもならんがな」

変死体を取り扱った時、警察官には特別手当が出る。だがそれは床屋代で消える程度だ。

格安の床屋に行かなくては特別手当は雲散霧消。そう思ってから長年刈ってもらっていた近所の床屋に行くのが馬鹿らしくなった。

「川澄さんが、引き寄せちゃうんじゃないですか」

こちらの気も知らず、榊は相変わらず髪を直していた。こちらが怒らないでいるせいか、のびのびと好き勝手に言うようになってきた。冗談で済むハードルがだんだん低くなっている。さすがに一度怒ってやるかと思った時、榊は空気を察したのか、すぐに笑ってごまかした。

「あ、俺の方が引き寄せていたりして。はは。まあ、でも事件じゃなくてよかった。平和が何よりっすね」

「まあな、彌冨署ではもう十五年も帳場が立っていないからな」

その時、無線連絡が入った。通報があったので向かって欲しいという。また変死体の発見らしき報告だった。

「一晩で二件か、引きが強すぎますね」

運転席で榊が苦笑していた。

「どっちの引きかは不明ですけど」

仕方なく引き返して、桜山にあるアパートに向かった。

現場には五分で着いた。車を停めて三階の部屋に向かう。年配の大家があたふたしながら、こちらだと手招きしている。

「そこの部屋だがね」

大家は三〇六号室を指さした。

「おとなしい人だったのに、なんてこった」

住人は一人暮らしの公務員らしい。川澄はいつものように二重にマスクをして手袋をはめた。榊はマスクを三重にした。

大家が鍵を開けると、アンモニア臭が漂ってきた。ただし予想したよりは弱い。遺体はどこにあるのかと探す必要はなかった。明かりをつけると、天井から延びたロープに男性がぶら下がっていた。

川澄は遺体にしばらく手を合わせた。

「死後二日ってところですか。外傷はないようですね」

鑑識が言うには事件性は特になさそうだ。この人はなぜ死ななければいけなかったのだろうか。親や親戚もいるだろうに。そう思った時、地域課の警官が手招きした。

「川澄さん、こっち」

隣の部屋に行くと、机の上には手書きで遺書が残っていた。

——こうして書いていてもどうしてこうなったのか、やりきれない思いでいっぱいです。

ですが私の罪はゆるされることではない。そのことでずっと悩んできました。今、あるのは謝罪の気持ちだけです。たくさんの人に謝りたい。まずは生んで育ててくれたお母さん、お父さんごめんなさい。

何度も書いては消した跡が残る紙に、丁寧な文字が並んでいる。彼は地域課の警察官らしい。その文字と同じように生真面目に世話になった人々へ謝意を述べている。同業者ということだけでも驚いたが、それ以上に川澄はこの警察官が犯した罪というところに引き付けられていった。

――私は知っていて何もしなかった。それがゆるされないことだとわかっていたのに、私は黙っていたんです。十五年前、私は一人の女性からストーカー被害の相談を受けました。その女性は柴崎曜子さんといいます。

曜子の名前を見た瞬間、川澄は大きく目を開けた。

どういうことだ……こうして死を賭(と)して訴える以上、ただごとであるはずがない。遺書はさらに続いていた。

――相談を受けたあと、柴崎曜子さんは何者かに殺害されてしまいました。曜子さんの部屋から出ていくのを目撃されたのはらくだ顔の男だったと聞きました。曜子さんのアパート近くにある交番にいた私は、刑事の方に事情を聞かれました。私は知らないと答えました。ですが私はらくだ顔の男のことを、本当は知っていたのです。上司から口止めされていたのですが、それは言い訳になりません。私はストーカーの存在を知りながら何の手立てもせず、曜子さんは殺されてしまったのです。

そのあと十五年、私はこのことでずっと悩んできました。けれど今さら言い出せません。死ぬまで隠しておこうと思いました。それなのにこの間、曜子さんのお父さんである柴崎佐千夫さんに話しかけられました。何か気づかれたのかとどきりとしました。実際はそんなわけではなかったのですが、今も変わらず犯人を捜して苦しんでおられる姿を見て、もう耐えられないと思いました。思い切って当時の上司に相談しましたが、黙っておけと言われ、それっきりです。いつもそうでした。いつもびくびくしてその人の言いなりになっていい顔をして。私はもう罪悪感を抱えたまま、警官を続けるのも生きていくのもすべてが嫌になりました。せめて最後に真実を告げることが自分にできる唯一の償いだと思います。

曜子さんをストーカーしていたらくだ男は、森下竜馬という元警察官です。当時の調書も破棄されています。本当は私に口止めした人のことも書きたいのですが、世話になってきた手前もありますし、責任を転嫁しているようなのでどうしても書くことができません。ごめんなさい。この遺書を読まれた警察官の方、どうかこの森下竜馬を逮捕してください。それだけが私の願いです。

最後に柴崎さんとそのご家族にもう一度だけ謝りたいと思います。本当に今まで黙っていて申し訳ありませんでした。曜子さん、助けてあげられなくてごめんなさい。

青山陽太

第二章　怪物

1

小高い丘の上で、コオロギがせわしなく鳴いていた。

巡査部長、青山陽太の通夜は、実家のある豊田市内の葬儀場でしめやかに執り行われた。青山の父親が喪主となり、親族や警察関係者が多く詰めかけていた。

「奥さんと離婚されていたんですね。知りませんでしたよ」

年配の参列者たちが小声で話していた。

「彼が自殺するなんて、何があったんだろうね」

青山は評判のいい警察官だった。関係者は皆、驚きの表情を見せていた。川澄は非番ということもあって参列することにした。

あの遺書が頭から離れない。曜子がストーカー被害を警察に相談していたことなど、誰も知らなかった。いや、口止めされていたらしいから、警察の一部は知っていたということか。十五年間、固く閉ざされていた迷宮の扉が今、開こうとしているのかもしれない。

だが、今のところ遺書については全く話題には上がっていないようだ。

警察関係者が多く出席する中、いくつか見覚えのある顔もあった。十五年前に青山を口止めし、青山の訴えを黙殺、隠蔽(いんぺい)した人間がこの葬儀にいるのかもしれない。焼香をした川澄は駐車場に戻るが、刑事課の係長、谷口が後を追いかけてきた。

「こっちだ。川澄」

谷口は青山本人とは面識がないが、青山の父親と港署で一緒の時期があったらしい。

「どうですか、係長」

既にあの遺書のことを報告してある。課長と少し話してみると言われて待っていたが、谷口は渋い顔を見せた。

「どうもこうもない。川澄、遺書については誰にも言うなよ」

「わかっていますよ」

いくら死を賭して容疑者を指名しても、それだけでは意味がない。相談を受けたという記録も既にないようだし、谷口としてはそう言わざるを得ないだろう。あの遺書にはストーカー被害の相談についてもみ消した人物について書こうと思ったが、書けなかったと記してあった。どうせならそのこともしっかり書き残してほしかった。

「らくだ男だと名指しされた森下ってのも、警官だったんですね」

「ああ、俺もよく知らんのだが、鑑識にいたようだ」

元警官と言うことで署内は色めきたったが、森下はだいぶ前に辞めていた。

「公務中ではないが二十三年前、飲酒運転事故で木野瀬真知子（きのせまちこ）っていう女性をはねて死亡させている」

「そうでしたか」

「青山巡査部長が相談した上司ってのは、たぶんあの人だろうな」

谷口が親指で背後を指した。そこにいたのは銀髪を後ろに撫でつけた男。白井哲史（しらいてつし）というかつて捜査一課長だった人だ。この白井は青山の叔父にあたる。森下の元上司でもあるという。

「白井元捜査一課長が指示して隠蔽したということですか」

「うかつなことは言えん」

谷口は川澄を軽く睨んだ。ただし首を横に振ることもなかった。

「証拠もないし、どうしようもない」

川澄は苦笑いで応じる以外になかった。

「川澄、お前もわかっているだろう。お偉いさんによる隠蔽を暴いても、誰も喜ばない。それに青山陽太がストーカーを見逃したことを公（おおやけ）にすれば、故人の顔に泥を塗るようなもんだ」

「くそのような理屈ですね」

青山の遺書が事実だとしたら、隠蔽を指示したのは白井なのだろう。しかしそのことを訴えても問題がややこしくなるだけだ。警官同士で足の引っ張り合いをしても、犯人逮捕につながるわけでもない。そのことも確かだ。

白井という警官も捜査一課長にまでなったのだ。有能な人物なのだろう。彼に救われた人も多くいるはずだ。だが有能だから目をつぶれなどという理屈で、納得などできるはずもない。仮に白井がストーカーの件で青山の口を封じたとすれば、なぜなのか？　よくわからない。

「川澄、これからお前は専従捜査班に協力してやれ」

川澄は無言で谷口を見つめた。

「俺らにできることは、その森下竜馬ってやつが柴崎曜子を殺した証拠を見つけ、逮捕することだけだ。青山の死を無駄にしないためにも、お前は森下竜馬を追え」

早い話、継続捜査の役割を負わされるということだ。柴崎曜子の相談を隠蔽した連中に腹が立つが、ここは大人になって専従捜査班に協力せざるを得ない。何とかして森下という男を追い詰めたい。

「いいな。本分を果たせ」

無言のまま、うなずくしかなかった。

通夜会場を後にした川澄は車で自宅へと向かう。

納得いかない点は多いが、こうなれば徹底的に調べる以外にない。青山という警官が死と引き換えに告げた森下竜馬という人物。どんなやつなのだろう。本当にこいつがらくだ男なのだろうか。

あの遺書の内容を柴崎が知ったらどう思うだろう。ストーカーに狙われていたのになぜ助けてくれなかったのか。命を落とさずに済んだのではないか。なぜ捜査の時に教えてくれなかったのか。すぐに犯人を捕まえることができたのではないか。思考はどうしても柴崎の気持ちへと向いていく。

そういえば前に訪ねた際、カレンダーに予定が書いてあった。今週の土曜日、ちょうど今日のこの時間、柴崎は日進市で行われる遺族会に出席しているはずだ。アメニティスクエアという会場は通り道にあるようだし、寄ってみようかという気になった。会は確か午後八時までだったから、じきに終わる。柴崎は地下鉄で行くと言っていた。帰りに車で送ってやれるかもしれない。

名古屋市郊外なので駐車場は大きかったが、建物は思ったよりも小さかった。

入り口は開け放たれており、受付も特にない。予定の書かれたホワイトボードに遺族会が三階で行われると書かれていて、川澄は建物内に足を踏み入れた。

三階まで上がって廊下を少し歩くと、トイレの横にある部屋から声が漏れてきた。

　どうやら遺族会の会場はここのようだ。気づかれないよう後ろの出入り口から室内の様子をうかがう。椅子が円のように並んでいて、十人ほどの人数で話をしていた。被害者遺族たちが一人一人、自分の体験を語り合っている様子だ。入り口の扉は少しだけ隙間が開いていて、こっそり中をのぞくことができた。柴崎の巨体を確認すると、邪魔をしないように終わるまでここで待たせてもらうことにした。

　真っ白な髪の老人が顔を赤らめながら無念を訴えていた。その老人は一人息子を不良グループに殺されたらしい。

「赦せるわけがないでしょう。時間が経っても犯人たちへの憎しみは変わることがない。むしろ強くなっていくばかりだ。どうすればそんな心境になるんですか」

　かなり激高している様子だ。緑色のセーターを着た柴崎は、比較的穏やかな表情で耳を傾けていた。

「柴崎さんはどうですか」

　優しげな顔をした品のいい女性が、参加者たちの話を進行させているようだ。女性に問われると、柴崎はしばらく沈黙した。問いかけた女性も他の参加者たちも柴崎をせかすことなく見守っている。

「今日は奥様がみえていないですね。おひとりでの参加は初めてではないですか」

「すみませんね。女房はちょっと調子が悪くて」

「まぁ、大丈夫ですか？　お大事になさってくださいね」

司会進行役の女性は優しげな眼で柴崎を見つめた。

「今、お隣の方がご自分の気持ちを話してくださいました。憎しみは時間が経っても変わらない、むしろ強くなっていくと。柴崎さんはいかがですか」

柴崎は眼鏡をはずして、ハンカチできゅっきゅと拭くと口を開いた。

「憎しみですか……子供っぽい感情だと思いますな」

老人はあてつけで言われたように、眉間にしわを寄せた。

「私は娘を殺されましてね。十五年経っても犯人すらわかっていないんです。憎む対象がいない。ですがいつまでも過去の事件にとらわれて自分を苦しめるのは、賢い人間のやることではない。我々はこんな感情にとらわれていてはいけないんです」

柴崎は眼鏡をかけ直した。

「マスコミは我々、被害にあった者の無念、その憎しみの激しさを声高に訴えて視聴者の感情を煽り立てます。その感情を頭に描いて同情するのは容易だし、自分が善人であるような気分に浸れますからね。自分が被害にあったわけではないのにその感情に同調して、遺族の気持ちだ何だとみんなどんどん勝手なことを言う。そして殺伐とした気分だけが社会に蔓延していく。おかしな話です」

「そう思われるんですね。では柴崎さんは、加害者を赦していらっしゃるということですか」

女性の問いに、柴崎は無言で下を向いた。だがしばらくして顔を伏せたまま、左右に小さく首を振った。

「もし犯人が目の前にいれば、殺します」

抑えた声だったが、その断定に部屋にいた誰もが息をのんだ。

さっきまで憎しみの感情を子供っぽいと馬鹿にしたのに。司会の女性も驚きを隠せないような表情だった。

柴崎はセーターの袖をめくり上げ、肘のあたりを指差した。小さなひっかき傷がかさぶたになっている。

「憎しみが馬鹿らしく子供っぽいってことは私もわかっているんですよ。まるでかさぶたのようだっていつも思います。はがしてしまえば治らない。わかっていながら、引っ掻いてしまう。引っ掻け、引っ掻けと煽り立てる連中は憎たらしくても、掻かずにいられない。いつまで経っても治らない」

柴崎の語り口に誰もが引き込まれていた。

「私はね、普段は物分かりのいい人間、理性的な人間を装っています。妻の前ですらね。あぁ、今日は妻がいないから、饒舌（じょうぜつ）になっていますかね。でも本当は憎しみにまみれた情けない男なんです」

感情があふれている。川澄もいつも見せる屈託のない笑顔が消え去って、感情をにじませる柴崎の言葉を黙って聞いていた。

「事件から十五年、曜子のことを考えない日は一日たりとてなかった。私はね、病気でもう一人娘を亡くしている。何でうちの子ばかりって悔しくて仕方なかった。あの子たちは何のために生まれてきたのか、あの子たちのためならいつだってこの命は差し出せた。それなのに……」

柴崎の顔はいつの間にか真っ赤に染まっていた。

「病気に奪われるのも神様を恨んだが、人に殺されて奪われるのは憎くて怒りで気が狂いそうだ」

大きな手で柴崎は顔をわしづかみにしたまま、椅子からずり落ちた。床に額をこすりつけながら、曜子の無念を訴えている。司会の女性が席を立って寄り添うが、柴崎は語り続けている。

「犯人さえわかればいい。この身を引き換えにしてでも殺してやる。赦せるか！　こんなことをしたやつを赦すことなどできるものか」

他の遺族たちも駆け寄って、柴崎の巨体を支えて椅子に戻した。さっき柴崎を睨んでいた老人は目に涙を浮かべながら、うんうんとうなずいている。

川澄は何も言葉を発することができないまま、苦悶に打ち震える柴崎の姿を見つめていた。柴崎はこれまで一度もこんな姿を見せたことはなかった。曜子が死んだときも和可菜が死んだときも喪主として葬儀を取り仕切り、妻の三輪子を支えていたし、余計な心配をするなと川澄にくぎを刺していた。冷静過ぎるほど冷静だった。

曜子の死から十五年が経ち、少しはその死を受け入れられるようになっていたのかと思い込んでいた。だが柴崎は一人孤独に、ぎりぎりのところで苦しんできたのだ。

川澄は踵を返した。柴崎に会うことはやめて車に乗り込んだ。

ハンドルを握り、自宅に向かった。

あんな柴崎は初めて見た。自分は柴崎のつらさをわかっているつもりで、まったくわかっていなかった。立場上、感情を表に出すのを抑えていたのか。柴崎の妻、三輪子も年を重ねるにつれ、病気がちになってしまった。心配をかけるわけにはいかないと、あれだけの苦しみをずっと一人で抱えこんできたのかもしれない。

名古屋市内に入り、自宅に戻った時には既に十時前だった。

多映子はもう休んでいるようだ。風呂に入ってから、作っておいてくれたカレーを温める。焦げるのを恐れて水を入れたら、薄めすぎて美味くなかった。

ビールを飲みながら、考えを整理した。

あれだけの激情を内に秘めた柴崎に森下のことが知られたら、どうなってしまうのか。

どう考えてもまずい。とにかく一刻も早く森下について捜査を進めることが、柴崎のためにできることだ。

食器を流しに置いてから寝室に向かう。足元が暗く、目覚まし時計を蹴飛ばしてしまった。布団がもぞもぞと動いて、多映子がこちらを向いた。

「起こしたか、悪いな」

「ううん、お父さん、ありがとね」

感謝されることはしていないので寝ぼけているのだろうかと思ったが、多映子は目をこすりながら微笑んだ。

「山田さんに会った時のことよ。日葵からあの時の写真送られてきたでしょ。ありがとうってあの子言ってたわ」

「そうか」

「私ね、あなたが日葵の結婚に反対したり、約束すっぽかしたりしないかってほんとにひやひやしてたんだから。でもよかったわ。なんだかんだ言って日葵のこと、ちゃんと考えてくれてるんだってほっとした。あの子はあんな感じだから自分から直接、感謝の気持ちを言えないだろうけど、お父さんありがとうって心の中で思ってるはずよ」

もう一度、そうかとつぶやき川澄は布団にもぐった。感謝されて逆に心が少し痛んだ。本心ではまだ山田のことをダメなやつだと思って認めていないし、日葵のことより事件のことで頭がいっぱいだ。自分は決して立派な父親なんかじゃない。

「山田さん、いい人で良かったわ」

言い残して多映子は再び眠ってしまった。

山田の顔が浮かんで嫌な気分になった。これからは山田とも協力して、森下を逮捕するために動かなければいけないのだろうか。

悶々と考えている間に睡魔が襲ってきた。

2

彌冨署の交通課でちょっとした事件が起きていた。

土建業者のオヤジが、車の名義変更の件で怒鳴っている。対応しているのは女帝と呼ばれる彌冨署の女性警察官だ。

「訂正印をもらってきてください」

女帝が冷たい口調で繰り返すと、土建業者は通りがかった川澄に助けを求めてきた。土建業者は書類でたった一か所、数字を間違えていた。本人の訂正印が捺(お)してある。だがこの書類は本人の訂正印ではだめで、管理業者から訂正印をもらわなければいけない。

「ちょっとあんた、どう思う？　なかなか取れない休みを取って遠くまで来て、長いこと待たされた挙句だよ。言ってることはわかるよ、わかるけどさ、こんなことも許されないのか」

女帝の言うことは正しい。だがオヤジからすれば、その感情のない対応は怒りを覚えるだろう。彼女は真面目に仕事をやっているだけなのかもしれないが、わざと相手を怒らせて楽しんでいるようにすら見えてしまう。とはいえ女帝に逆らう暇も勇気もない。土建業者のオヤジには悪いが、川澄は聞こえないふりをして通り過ぎた。

駐車場に向かうと、県警本部のある名古屋城近辺まで車を走らせた。

交差点では一人の女性が待っていた。沢木美織だ。川澄はタクシーのように車を寄せた。拾うのが若く魅力的な女性だと、仕事とはいえ悪い気分ではない。これから二人で向かうのは、森下竜馬の知り合いのところだ。

「こんなことになるとは思わなかったな」

川澄が声をかけた。

「ええ、何とか森下に迫りたいです」

青山巡査部長による死を賭した訴えが、この道を切り開いたのだ。

彼女を拾った川澄は、そのまま今池（いまいけ）方面へと車を向けた。本当は森下の勤める工場にさっさと乗り込んで締め上げてやりたかったが、現状では青山の遺書以外に何の証拠もない。警戒させて逆効果かもしれないので、まずは外堀から埋めていくことにした。

「すみません。女一人では少し行きにくい場所なので」

「いや、今池なら詳しいんでね」

専従捜査班が調べてくれた。森下と少年時代からの付き合いという人物がおり、今はフィリピンパブを経営しているらしい。

「梶野はどうしている？」

「興奮気味でしたよ。絶対に森下を逃がすなって」

その割には本人は来ないなと皮肉ると、美織は苦笑いを返した。まあ、あいつは真面目な男だ。きっと別の方向で動いているのだろう。

「らくだ顔の男が本当に森下竜馬なのか確認しようと、さっそく森下竜馬の写真を持って目撃者の岡田さんのところに行ってみたんですけど……」

「本当か。どうだった」

「あいにく半月くらい前から海外に出ているようで、会えませんでした」

「そりゃ運が悪かった」

岡田はいい年していまだにアルバイトとバックパッカーの暮らしを繰り返している。川澄も何度か会いに行ったが不在のことが多かった。

それに十五年前の記憶だ。どこまで証拠能力が認められるかは微妙だが、森下竜馬がらくだ男であると断定できるなら話は早い。だが海外旅行中に無理強いはできないし、こちらはこちらで今できることを全力でなすべきだ。

話しているうちに、今池に着いた。

車を停めると、川澄は美織とともに歓楽街に向かう。ヤシの木のイルミネーションがきらめく古めかしいビルには、『トリーシャ』という派手な看板がある。二人はその地下にあるパブへと足を踏み入れた。

準備中の札がかかっているが、構わず中へと入る。川澄が身分証を差し出すと、厚化粧で露出度の高い服を着た外国人女性が目を丸くした。他の女性たちも集まってきて何語かわからない言語でまくし立てているが、いまいち要領を得ない。慌てているところを見ると、不法滞在を調べに来たと思っているのかもしれない。

「心配しなくていい。オーナーに会いに来ただけだ」

以前は歓楽街のある地域が管轄だったので、だいたい風俗の事情は心得ている。こちらの日本語は通じたようで、女性は店の奥に引っ込んだ。代わりにピアスをしたホスト風の男性が焦った様子で姿を見せた。このパブの経営者のようだ。

「森下竜馬さんのことで聞きたいことがありまして」

美織が説明すると、経営者の男性は少し安心した顔になった。

「あいつ、また何かやらかしたんですか」

ため息交じりに、パブ経営者は両手を腰に当てた。

「何か心当たりがあるんですか」

「いや、そういうわけじゃないんですがね」

パブ経営者は苦笑いでこめかみを掻いた。川澄は何かあるように匂わせ、十五年前の事件については気取られないようにした。

「あなたは最近、森下さんに会いましたか」

パブ経営者は腰に手を当てたまま、何度かうなずいた。

「この前、金を借りに来たんですよ。借金が一千万くらいある。このままじゃやばいから少しでも貸してくれって」

「借金？ 貸したんですか」

「断ってもしつこいんでちょっとだけ融通しました」

森下の実家はそれなりに大きな会社を経営していたらしい。

「けど、親父さんが死んで会社がつぶれたんです。ぜいたくしていた裏で経営はぼろぼろだったみたいでね。あいつも交通事故起こして警察辞めてからフラフラしてました。相続放棄しても、森下自身の借金もあるようだし、あいつこれからどうするんですかね」

絵にかいたような不肖の息子だ。だがそんなことは今はいい。十五年前の事件につながることを何とか聞き出したい。

「あなたは中学時代から森下さんと付き合いがあったんですよね」

美織が訊ねた。パブ経営者は腕を組んでうなずいた。

「どんな方でしたか」

「怪物ですよ」

美織は怪物という言葉を繰り返した。パブ経営者は続けた。

「自分は特別なんだって意識が強い男ですよ。実家が金持ちなんで好き勝手やって、自分には何もないのに人は寄ってくるわけです。金目当てのくずばかりですがそれなりの人脈もできる。それで勘違いしちゃうわけです。まあ、俺もおこぼれにあずかろうとするくずの一人でしたがね」

「女性関係はどうでしたか」

「そりゃもてましたよ。金がある上に、見てくれも悪くないですし。はったりでも自信たっぷりに話せば、女は魅力的に感じて寄ってくるんです」

パブ経営者の視線の先では、外国人女性たちがこちらを不安げにうかがっていた。川澄の視線に気づいて引っ込むが、ちらちらとこちらをうかがっていた。

「でもそのことをあいつも気づいていて、途中からそういう女には興味を失くしていましたよ。きれいな子が寄ってきても全く関心を示さないのに、地味な子にすごく執着したりしてね。自分にすり寄ってこない子を思い通りにしたいって欲があったのかも」

「すり寄ってこない……拒まれた方が燃える、みたいな感じですか」

いたって真面目に美織が質問すると、パブ経営者は噴き出して、そうそうとにやにや笑った。

「それってストーカー気質って意味ですか」

自分が笑われたことをよくわかっていない美織は、うなずきながら質問を続けた。

「ああ、間違いなくそうですね。たぶん、警察に入ったのも権力を使って色々できるからじゃないですか。鑑識だったんでそうでもないですかね。でもあいつはねちっこいから、科学的なことは得意だし向いてるかも」

パブ経営者は自分のことじゃないと安心したからか、よくしゃべり出した。

「自慢げに写真を見せてきたこともあるんですよ。これって盗撮じゃね？　ってからかったこともあります。ここだけの話、あいつ、盗聴器とか持ってるんですよ。変なことに巻き込まれても迷惑だし、さすがに引きましてね。それからはあいつのこと避けてたんですが……」

「それは何年くらい前のことですか」

「盗聴器のこと？　だいぶ前からですよ。十年、いや十五年以上前かな」

川澄と美織は目を合わせた。だがそれだけで怪物と言うには大げさな気がする。

「森下のことを怪物っておっしゃいましたよね？　それはどういう意味ですか」

「ああ、それね。これは本当か嘘かわからないんですけど、ストーカー容疑でやばかった時期があったらしいんですよ。でもあいつ、警察にいた時に有力な刑事の弱みを握っていて、それをネタに追及をやめさせたそうなんですよ」

「弱み？　ですか」

「どうもその刑事が不正をしていたことをつかんでいたらしいですよ。詳しくは知らないですけど、捜査一課長を脅してやった、と何度も話していました。俺もちょっとその時はこいつ、すげえなって思いましたよ、まじで」

もう一度、川澄は美織と目を合わせた。

つまり森下は刑事を脅し、自分のストーカー行為を隠蔽しようとしていたということか。その偉い人とは青山に圧力をかけたとされる白井哲史のことではないのか。白井も元捜査一課長だ。推理にしか過ぎなかった当時の構図がだんだん形を成し始めた。

それからもうしばらく話を聞いた。パブ経営者は森下について自分の知る限りのことを教えてくれた。森下竜馬と曜子とのつながりはよくわからなかったが、盗聴器のことや刑事を脅したということについても聞けて十分な成果だっただろう。

川澄と美織は礼を言ってパブを出た。だいたいの予想はついていたが、森下という人物の像が自分の中で出来上がっていく。甘ったれのボンボンというよりも、自分の欲のためになら何でもする悪というのが森下竜馬の本質に思える。こいつだ。もう間違いない。だがもっとはっきりした証拠が欲しい。言い逃れできないような何かが。

助手席に乗り込んだ美織は、目を輝かせていた。

「やはり森下が曜子さんをストーキングしていた可能性が高くなりましたね」

コーヒーのプルタブを開けると、川澄もうなずいた。

「問題は証拠ですが、もしかしたら森下は曜子さんを盗撮した写真を残しているかもしれないです」

川澄はコーヒーを飲みつつ、もう一度うなずく。家宅捜索でもして動かぬ証拠を押さえられればいいのだが、簡単にはいかないだろう。

「それとストーキングをする男性は対象を喪失しても、また別の女性に同じことを繰り返すことが多いそうです」

「そんなものか」

「ええ、ですから今も別の女性をストーキングしている可能性があります。森下をマークしていれば、ぼろを出すかもしれません」

ストーカー心理はよくわからないが、確かにその可能性はある。別件だろうが何だろうが家宅捜査に持ち込めば、証拠が見つかるかもしれない。

「まあ、これは捜査一課の山田さんという人から聞いたことなんですけど」

コーヒーを吹き出しそうになった。ここでそんな名前が出るとは思いもしなかった。以前、山田はストーカー対策係にいたらしい。川澄は動揺を悟られないよう平静を装いながらハンドルを握った。

「川澄さん、それじゃあ、ありがとうございました」

県警本部まで美織を送り届けてそのまま別れた。

信号で停められた時、川澄は胸ポケットから一枚の写真を取り出した。パブ経営者は最近撮ったという森下の写真をプリントアウトしてくれた。年齢はいっているが、なるほど色男と言えるかもしれない。こういう顔がもてるのだろうか。

「待ってろ。すぐに逮捕してやる」

らくだ顔を目に焼き付けた川澄は、そのまま車を彌冨署に戻した。

3

三輪子の見舞いのため、今日も病院に来た。

昨日もあまり食べていなかったようだ。明らかに食が細くなっている。大丈夫だと本人は言っているが、本当に心配だ。

だが柴崎の心を占めていたのは別のことだった。青山巡査部長の死。元同僚からうわさで聞いたが、ずっと心にひっかかっている。

死因におかしなところはなかったという。だが何かがおかしい。別れた時、青山は明らかにおかしかった。こちらに話したいことがあったが、途中でやめたように柴崎には見えた。あれは何を言いたかったのだろうか。

もし青山が柴崎に話があるというなら何だろうか。一緒に仕事をしたことがあったわけではなかったし、彼とは曜子の事件を通じた付き合いしかない。曜子の事件についてとしか思えない。

おそらく言いかけてやめたのは重要なことだ。口止めされていて言いたくても言えなかった。あるいはどこか自分にやましいところがあって、悩んだ挙句言えなかった。どちらか、あるいはそのどちらもかもしれない。

巨大な何かが動き出している。そんな気がするのは考えすぎだろうか。

遺書はなかったのか。青山の自宅は彌冨署の管轄だ。変死体に関しては川澄なら知っているはず。だが問い詰めてもあいつは真面目なやつだ。守秘義務だと言って決して口を割らないだろう。

「あ、柴崎さん、ちょっといいですか」

一階のロビーでベテランの看護師に呼び止められた。話があるというので、一緒に医師のところに向かった。まさか……三輪子のことか。

診察時間は終わっていて、既に外来に患者はいなかった。

柴崎は三輪子の担当医師の部屋へと入った。医師の机のパソコン画面にはレントゲン写真のデータが映っている。この前、柴崎も三輪子の見舞いのついでに健診を受けた。

「肝機能の数値が少し悪い程度で、いたって健康ですね」

たいした問題はないらしい。少しほっとした。しかし白髪の医師はどこかさみしげな顔で柴崎を見上げた。この顔、もしかして……。

「柴崎さん、奥さんのことですが」

「長くないんでしょうか」

早く否定してもらいたくて、思わずかぶせるように問いかけてしまった。だがそんな願いは、医師の表情がより険しくなったことが打ち消した。

「このままだと一年もつか、というところです。進行を遅らせることくらいしかできません」

なんとなく覚悟していたとはいえ、重い衝撃があった。写真を見せてもらい、説明を受けた。医師の説明によると弱っていた心臓だけではなく、がんが転移しているのだという。もう打つ手はないらしい。

こんなこと……柴崎はうなだれた。

ゆっくり顔を上げると、赤十字のマークが目に入った。神がいるのなら、どうしてこんなむごいことをするのか。この十五年、神は自分から二人の娘を奪い取った。それだけでなく三輪子までもつれていくと言うのか。まだ早すぎるだろう。この前の遺族会では不覚にも感情をあらわにしてしまった。しかしあの時はまだ三輪子までもうすぐ死んでしまうとは思っていなかった。それに引きかえ、この身はどうしてここまで頑健なのか。不条理すぎる。この身が娘たちや三輪子の代わりに亡べばいいのに。

どんな顔をして会えばいいのか気持ちの整理がつかず、このまま引き返したかったが、残された時間はわずかかもしれない。少しでも一緒にいてやりたい。そう思い直し、柴崎は三輪子の病室に向かった。

眠っているようで、起こさないようにしばらく待っていた。三輪子はやはり気のせいではなく痩せている。病状について医師はまだ告げていないらしい。どうすればいい。このまま何も言わずにおいても、いずれ気づくだろう。

三輪子が目覚めたのは、二十分ほどしてからだった。

「ああ、来てくれていたのね」

思わず目をそらすと、その先にはこの前、お見舞いに持ってきた栗きんとんの箱が未開封のまま置かれていた。

それに気づくと、三輪子は悲しそうな顔を見せた。

「せっかく買ってきてくれたのに、ごめんなさいね」

「いや、いいさ。調子がよくなってから食べればいい」

思い出すのは曜子が殺された直後のことだ。三輪子はあの後、何も食べられなくなった。

あの時も、好物の栗きんとんを買ってきたのだが食べなかった。何でもいいから食べた方がいいと言うと、三輪子は首を横に振った。

曜子を殺した犯人が死刑になるまで食べない！

叫びながら泣いていたことを覚えている。曜子が死んだのに、自分だけいい思いはできないというのだ。本人も言っていることが無茶苦茶であることがわかっていただろう。もし犯人を逮捕できても、一人殺しただけでは死刑にはならないことくらいわかっているはずだ。ある意味、自殺の宣言だった。子供のようなことを言うのはやめろと叱りたかったが、叱ったところで何にもならない。お前まで体を壊しては曜子が悲しむと言いきかせて、ようやく少しだけ食べるようになった。それでも口に入れると、戻してしまう。点滴を打って栄養を補給するうちに、やがて元のように食べられるようになった。しかし今回はそうはいかないようだ。

振り向くと、横になったまま三輪子は微笑んでいた。

「長い間、ありがとね、あなた」

「……三輪子」

「もうすぐ、お別れなんでしょ」

何を言い出すんだ。そう言おうとしたが、柴崎は嘘をついて励ますことができずに口を閉ざした。三輪子も体調は自分でよくわかっているのだろう。すぐに否定できずにいたことから、三輪子は自分が助からないと確信したようだ。

「あなたは嘘が言えない人だから」

微笑んでいたが、その目には涙が浮かんでいた。柴崎は何も言うことができず、静かに三輪子の手を握った。

「あなたと一緒で幸せだった」

それからしばらく、柴崎はしゃがんで三輪子の手を握っていた。

幸せ……その一言はあまりにも重い。少なくとも曜子の死まではそうだっただろう。曜子の死の衝撃から必死で這い上がっても、そこには和可菜の死が待っていた。そしていまだに曜子を殺した犯人が死刑になることはおろか、捕まることさえない。犯人に怒りをぶつけることもできず、このまま死んでしまっていいのか。

やがて看護師がやってきて、柴崎は立ち上がった。検査の時間らしい。

「また来るよ」

ずっとそばにいてやりたかったが、そう言い残して病室を出た。

廊下を歩きながら柴崎は手を見つめた。痩せた三輪子の手のひんやりとした感触が残っている。子供のころから遊んでいて触れることはあったが、初めて彼女に思いを込めて手を握ったのはいつだったろう。あの幸せがこういう形で最期を迎えるとは思いもしなかった。

曜子の死後、柴崎と三輪子は憎しみに飲み込まれそうになりながら生きてきた。遺族会でも三輪子は感情を爆発させた。なだめるのに苦労したものだ。

それなのに和可菜の死後、三輪子は変わった。二人の娘を立て続けに失ったからか、憎しみを口にすることがなくなった。だがそれは犯人を赦したわけではなく、何かを悟ったからでもあるまい。憎しみの炎は見えないだけで、きっと心の中でたけり続けているのだ。せめて三輪子が死ぬ前に、曜子を殺したやつを見つけて過去に決着をつけさせてやりたい。そう思うことは間違っているだろうか。

外はうす暗くなっていた。

十一月になって秋風が身に染みる。スーパーで総菜を買って自宅で食べた。風呂に入っても、考えは曜子の事件へ向いた。カギを握るのは青山だ。あの男の死にはきっと何かがある。

青山が事件がらみで何かを隠していたとすれば……相談するならおそらく親交の深い白井哲史だ。白井は青山の叔父であり、捜査一課長として県警に君臨してきた。有能ではあったが黒い噂もある人物だった。この白井に聞けば何かを知っているかもしれない。ほとんど面識はないが、引退しているし、聞くことは可能だろう。

少し調べると、白井の住所は豊田市のようだ。

明日にでも行ってみるかと思った時、携帯に着信があった。

表示されているのは公衆電話という文字だった。何だこれは……よくわからなかったが、柴崎は通話ボタンに手をかけた。

「はい、もしもし」

「柴崎佐千夫さんの携帯ですね」

名乗らずに出ると、聞こえてきたのは器械で変えたような声だった。

「そうですが」

ワンテンポ遅れて応じた。

「娘さんを殺した犯人を知りたくないですか」

柴崎は犯人？　と繰り返した。思わせぶりに相手は間をあけた。

「あなたの娘を殺し、十五年も迷宮の中で警察の追及を逃れている犯人が憎いでしょう？　私はそいつを知っています」

柴崎は目を開いた。誰だこいつは？　退職した後、曜子の事件について調べている途中、どんな小さいことでもいいから情報が欲しくて、この携帯番号を載せた名刺を配っていた。最初は知らない番号から連絡が入ることもあったのだが、最近は途絶えていた。だがこの様子では何か知っていることがあるのか。

「さぞやご無念でしょうね。犯人を殺してやりたい。今でもそう思っておられるのでは……お気持ちはよくわかりますよ。私はあなたに協力したい」

気持ちはわかる……だと。曜子が死んだ後、何度も周りから聞かされてあまり耳に心地いい言葉ではなかった。何がわかると言いたくなるからだ。

だがそんな思いを振り切って、柴崎は訊ねた。

「何かご存じなのですか」

「犯人はらくだ男と言われてきた。そうでしょ？」

柴崎は出かかった声を必死で押さえた。

「もう一度訊きます。娘さんを殺した犯人が誰なのか知りたくありませんか」

いたずらかもしれない。これまでだってこういうことはゼロではなかった。だがらくだ男という呼び名についてはマスコミには出ていない。警察内部でしか知られていないはず。らくだ男について知っているということは……。

「どうしてあなたは知っているんですか」

「それはまた説明しますよ。しかし私はあなたのためにこの情報をもたらしているんです。どうするかはあなた次第だ」

一度切りますと言って通話は切れた。

柴崎は携帯を握りしめたまま、真っ暗な窓の外を眺めていた。

4

午後十時。仕事はなかなか終わらなかった。係長の谷口が面倒な仕事は減らしてくれると言っていたが、そうはならなかった。むしろ細かい事件が次々と襲い、捜査報告書の作成で何時間も過ぎていった。

川澄の頭にあったのは、森下竜馬のことだ。

青山巡査部長の死後、一気に包囲網は狭まった。パブの経営者に会って聞いた話は、森下への疑いをより確かなものへと変えた。

どうやら森下はだいぶわきが甘い。目撃者がいるかららくだ男かどうか確認できるし、家宅捜索に持ち込めれば、ストーカーの証拠も見つかる可能性がある。真実はすぐ手の届くところまで迫っているのだ。だが油断してはいけない。相手は捜査一課長の弱みを握った男だ。慎重に外堀内堀を埋めておいてから一気に本丸に襲いかかる方がいい。

冷蔵庫から自分の名前を書いた炭酸水を取り出す。コップに移すのが面倒なので、ラッパ飲みしてしまおうとした時、携帯に連絡が入った。

表示は沢木美織からだった。

「川澄さん、遅くにすみません。岡田さんが帰ってきたって連絡がありました」

「岡田が？」

川澄は興奮して立ち上がった。唯一の目撃者である岡田光樹に会える。森下の写真を確認してもらえば、事態は大きく変わるかもしれない。

「私も行きますけど、一緒に行かれますか」

「もちろん、今からでも大丈夫だ」

車を出すと、県警本部の最寄り駅までいって美織を拾った。岡田光樹の自宅は東山動物園の近く、星ヶ丘だ。

「川澄さん、スピード」

知らず知らずのうちに、法定速度をオーバーしていて美織に指摘された。

「スピード違反で捕まったらシャレになりませんからね」

「はは、しかしそれにしても……」

十五年もかかったが、これですべてに決着がつくかもしれない。そう思うと興奮を抑えきれない。

また携帯が鳴った。

表示は柴崎からだった。こんな時間にどうしたのだろう。川澄は左側に車を寄せて停めると、すぐに通話ボタンを押した。

「……川澄か」

いつになく、沈みこんだ声だった。遺族会の時の様子が浮かぶ。まともに話したのは自宅を訪問して以来だが、あれから事態は急速に変わった。だがどうも様子がおかしい。いつもの柴崎ならこちらが仕事中だろうと、一方的に用件をまくしたてて通話を切るのだが、今日は黙っている。

「柴さん、どうしました？」

せっつくとため息が漏れた。まさか森下のことを誰かに聞いたのか。いや、もしそうなら逆に興奮気味に訊ねてくるだろう。あるいは奥さんのことか。妻の三輪子は入院中だ。容態が変化したのか。

「うん、いや……」

沈黙が三十秒ほど続き、ようやく柴崎は口を開いた。

「あれだ。日葵ちゃんのことだ。この前、会ったんだろ？　相手はどんな様子だったかと気になってな」

なんだ、そんなことかと少し気が抜けた。

「それがですね。ちょっと問題ありで」

川澄は山田のことが口から出かかったが、美織に聞かれるといけないので、言葉を切った。

「はは、そうか」

やはりどこか沈んでいる。遺族会での苦悩が目に焼き付いているからそう思うだけなのだろうか。

「じゃあな、すまんな」

最後に柴崎は謝って通話を切った。

「柴崎さんからですか」

心配そうに美織が聞いてきた。

「何だろうな、まあ後で聞いてみればいい。それより今は岡田のことだ」

携帯をしまって車を走らせた。本当ならすぐにでも森下竜馬について伝えてやりたかった。しかしもう少し待てば吉報を届けられるはずだ。

岡田の自宅には十分ほどで到着した。

車を停めてチャイムを鳴らす。岡田の母親が迎えてくれた。すぐに中に迎え入れられる。岡田は真っ黒に日焼けしていて、縮れた長い髪を後ろで束ねていた。

「夜分すみません、川澄です。岡田さん」

声をかけると、岡田は何度かあくびをした。

「ああ、どうも。帰りの飛行機、寝られなかったんで」

これまでにも面識はある。というより数えられないほどだ。柴崎曜子が住んでいたアパートの元住人で、らくだ顔の男が部屋から出ていくところを見た岡田は、十五年前の事件で最重要とも言える目撃者だ。

「岡田さん、これを見ていただけますか」

男性の顔写真を何枚も提示した。全く意味もなく羅列したわけではない。らくだ顔と言われる特徴を持つ顔を並べて、その中に森下竜馬の写真を混ぜてみた。岡田は目をしょぼつかせながら、川澄の持つアルバムを凝視した。

これまでも何人か犯人候補の写真を見せたが、そのたびごとに岡田は迷うことなく否定してきた。自分は小さい時から人の顔を覚えるのが得意だ。顔を見ればわかる。それが彼の言い分だった。

「どうです？　この中にいませんか」

岡田はいつの間にか瞬きを忘れていた。

「いる」

岡田ははっきりと一人の人物を指さしていた。その先には当たり前のように森下がいた。川澄は美織と目を合わせてうなずく。驚きはなかった。自信をもっていた論理が実験で証明できたような興奮が次第に沸き起こってきた。

「間違いありませんか」

川澄と美織の問いが重なった。

「こいつだ。間違いない」

「十五年前も前に見た人なのに？」

美織がしつこく訊ねた。

「大丈夫、僕は同じ小学校にいた人間だって全員顔を覚えてます」

憎い敵をやっつけるかのように、岡田はアルバム内の森下を何度も指で突いた。

「それどころからくだの顔だって一頭一頭、違いが判りますよ。らくだの目っていうのはね……」

岡田はうんちくを語り始めていた。

その内容はまったく頭に残らなかったが、川澄はもう一度、美織と目を合わせてうなずいた。長い戦いだったが、これで終わる。そんな気がした。

美織を送り届けた後も、興奮が冷めなかった。

青山の遺書だけではどうしようもなかったが、直接の目撃者である岡田光樹があれだけ自信をもってはっきり証言してくれたのだ。間違いない。十五年も迷宮に潜んでいた怪物の正体は森下竜馬だった。できればさらに証拠を固めていきたい。明日から梶野や美織と作戦を決めて、一気に攻めていくつもりだ。

彌冨署に着いた時、声がかかった。

「川澄さん、また変死体ですよ」

当直勤務の後輩が伝えてきた。

また老人の孤独死か、多すぎるだろうと思ったが、どうやら事件の可能性が高いようだ。

「わかった。すぐ行く」

現場に向かうと、地域課の警察官と鑑識、機動捜査隊の姿があった。

瑞穂運動場の近くにあるひなた公園という大きめの公園だ。事件に気づいたのか、夜遊びをしている少年を中心に、野次馬の姿があった。

車を停めると、川澄は制服警官のいるジャングルジムの方へと向かった。

「川澄さん、こっち」

地域課の警察官が手招きしている。二十年以上つきあいのある知り合いだ。なんとなく胸騒ぎがした。

「すみませんね。来てもらって」

「いや、いい」

手袋をはめ、足に袋カバーをつけると、慎重に遺体に近づく。地球儀のようなジャングルジムの横に人が倒れている。遺体は男性だろう。うつ伏せに倒れている。

顔を確認した時、全身に電流が走った。

「殺されてから、まだ間もないな」

声をかけてきたのは、係長の谷口だった。だがその声が隣町の花火のようにどこか遠く響いている。こんなことがあるか。叫びたい衝動がある。

川澄の右腕は震えている。抑えようと左手でつかむが振動が増幅されて歯が鳴っている。こんなことは人生で二度目、柴崎曜子の時以来だ。

「川澄、この遺体って……」

谷口の言葉に、川澄は力なくうなずいた。もう一度、確認するように遺体の顔を凝視する。間違いない。

「森下竜馬だ」

らくだ顔が、眠そうに目を開けていた。

第三章　不在

1

彌富署の北側にある柔道場には、パイプ椅子が運び込まれていた。

十五年ぶりに帳場が立つことになって、総務部は慣れない様子で手間取っていた。それでも女帝と呼ばれる女性警察官がてきぱきと指示を出したおかげで、それなりに捜査本部の形が作り上げられていった。

柔道場前には、『ひなた公園殺人事件捜査本部』という戒名が掲げられた。道場内には、すでに刑事課の人間や応援要請を受けた警察官が集まっている。

秋も深まってきたというのに、狭い室内に詰め込まれた三十人ほどの男たちのせいで、暑苦しい状況になっていた。

川澄は洗面所で顔を洗うと、首にかけたタオルで拭いた。

「なんだよ、これは……」

いまだに手が小刻みに震えている。苦笑いがこぼれた。森下竜馬の死はあまりにも唐突で、いまだに受け入れがたかった。どういうことなんだ？　その問いが頭の中をぐるぐる回っている。今も悪い夢の中にいるようだ。

「川澄さん、どこ行ってたんですか」

榊が小うるさい姑(しゅうとめ)のように話しかけてきた。

「野暮用だよ。トイレくらい行かせろ」

手の震えを悟られまいと、ぐっとこぶしを握った。

「俺、捜査本部設置事件は初めてですよ」

榊は落ち着かないようで、やたらと話しかけてきた。柔道場に集まった面々は彌冨署の者が中心だ。しかし彌冨署の警察官ではない顔も多い。愛知県警本部はこの事件に係長の最上茂をはじめ、捜査一課の一個班を投入。十人以上の刑事が送り込まれた。

川澄はスポンジのはみ出たパイプ椅子に腰をかけた。

「あの人が最上さんですか」

榊は背の高い奥目の男を指さした。

「ああ、そうだ」

小声で応じる。最上とは中署や港署にいたころ、事件で一緒になったことがある。

「すごいなあ、見るからに刑事って感じですね」

川澄の目にはやくざにしか見えない。最上も柴崎の薫陶(くんとう)を受けて育ったようだし、この事件、思うところはあるのだろう。

だが川澄の視線は、一人の男に向けられていた。

その小太りの男は当然のようにやって来た。山田太士。日葵の結婚相手だ。

同じ捜査一課であっても、未解決事件専従班である梶野や沢木美織の姿はない。所轄署で継続捜査をしていたころには、帳場が立てば継続捜査を放置して応援に出るのが通常だったが、未解決事件専従班はそれだけに特化したチームだ。駆り出されることはない。ただしこの事件と曜子の事件の関連性が見えてくればそうとも限らないだろうが。

「さすがにみんな、目つきが違いますね」

捜査一課長は現場経験豊富なベテランだ。捜査の指揮は捜査一課長が執る。警務部ではなく長い間刑事畑を歩き、ノンキャリアでここまで来ただけあって、胆力は相当なものだろう。榊も尊敬していて目標だと言っていた。

山内健吾（やまうちけんご）という愛知県警刑事部長の姿もあって訓示を始めた。

眼鏡が似合っており、鋭さを感じさせる。お飾りとしてはなかなかに見栄えがいい。愛知県警で刑事部長職はキャリアのものだ。だが所詮は現場経験のない東大出。アイドルによる始球式のようなものだ。刑事部長は形式上のトップだが、刑事部長や署長に捜査本部を動かしていく実権はない。

もう丸二日眠っていないのにまるで眠気はなかった。

山内刑事部長の訓示を聞き流しながら、川澄は事件のことを考えた。本当にどういうことだろう。森下竜馬について疑いが濃くなった時点での死。こんなタイミングで殺されるなど、考えられない。誰が森下を殺したのだろう。何の目的があったのか。

「どうか捜査陣、一人一人が被害者の無念を胸に抱きつつ、全力で犯人逮捕に向けて邁進（まいしん）して欲しい」

刑事部長は最後に深く頭を下げた。

捜査一課長も話をし、事件内容についてさっそく話し合われた。現場となったひなた公園は森下竜馬の自宅と目と鼻の先だった。

「被害者について私から説明させていただきます」

彌冨署の刑事課長が森下竜馬について話をした。免許証の情報以外でわかっていることはどうでもよさそうなものだった。というより森下について調べていたこちらの方がきっと詳しいだろう。

刑事課長の説明に続いて鑑識資料分析官の説明が始まった。

「凶器は持ち去られたようで残っていませんでした。ただ被害者を刺した刃物は刃渡り十二センチほどのナイフと思われます。胸部から心臓にまで達していまして、この刺し傷が致命傷になったと推定されます」

司法解剖の結果、森下竜馬はほぼ即死。ひなた公園で死亡した時刻は、午後十時から十時半くらいまでの間であるという。

会議は混乱もなく効率よく進んだ。曜子の事件との関連性については特に触れられなかった。まだ不確かであるため、一部の人間だけの情報にとどめられているようだ。

手がかりとして重要なのは犯人の目撃情報と被害者の関係者だろう。柔道場にいた警察官たちはそれぞれ二人一組に分けられ、さっそく捜査に当たることになった。

引きが強いという榊の言葉が浮かんだ。ひょっとして山田と組まされるのではないか。こんな重要事件で未来の娘婿と一緒というのはたまらない。何とかして変えてもらいたいが娘婿なので嫌だとは言えないし、言い訳が思いつかない。

だがさすがに杞憂だった。山田は榊とペアになった。若い連中どうしのペアは珍しいが、それだけ山田は最上から信頼されているのだろうか。

川澄が組むことになったのは、捜査一課の牧村早人（まきむらはやと）という刑事だった。フレームの薄い眼鏡をかけた、知的な男だ。年齢は川澄よりいくつか下だ。牧村とは中署で一緒だった時期がある。気心の知れたやつでよかった。

「川澄さん、じゃあ、さっそく行くか」

「あ、ちょっとだけ、待ってくれるか」

野暮用だと言い残して、川澄はトイレに向かう。一番近いトイレは捜査一課の連中などのせいで一杯だったが、川澄がよく使う奥の古びたトイレはいつものように誰もいなかった。鍵をかけると携帯を取り出し、柴崎に電話する。

「くそ、だめか」

電源を切っているか、電波の届かないところにという声が流れた。まただ。さっきから何度もかけているが、ずっとこの調子だ。

通話履歴を表示した。午後十一時過ぎに柴崎から着信がある。さっき鑑識資料分析官が言っていた言葉を思い出す。森下が殺害された時刻は午後十時から十時半くらいまでの間。それから一時間もたたずに柴崎は電話してきている。あの時、柴崎はいつになく沈み込んでいた。

どうしても気になる。川澄は次に沢木美織に電話した。こちらもなかなかつながらない。一度切ってかけ直すと、ようやく声が聞こえた。

「はい、沢木です」

「森下のこと、聞いたか」

「ええ、まさかこんなことになるなんて」

美織の声は震えていた。森下が殺されたことは未解決事件専従捜査にとっても痛手だろうが、今、考えるべきはそのことではない。

「川澄さん、柴崎さんは今、どうしているかわかりますか」

やはり美織もこのことを心配しているようだ。岡田に話を聞きに行く際、彼女も一緒だったから、あの時間の電話は不自然だと思っているのだろう。

森下の死に柴崎がかかわっているのではないか……心配なのはこの一点だ。だが柴崎と森下をつなぐものなどない。

森下竜馬が犯人候補として急浮上したことなど、現在は一般人である柴崎が知るはずがない。誰かが教えたのでもない限り。川澄は専従捜査班の連中が森下竜馬について柴崎に情報を漏らした可能性がないかどうか、念入りに訊ねた。

「うちの班は青山巡査部長の死後、まだ誰も柴崎さんに接触していません」

「そうか、それならいいんだ」

やはり柴崎が森下竜馬について知ることは難しい。知らなければ柴崎と森下が接触することもないだろう。やはり考えすぎかもしれない。ただその後、柴崎と連絡が取れないことについて美織に告げると、彼女も心配していた。

「そうですか。つながらないんですね」

「携帯の電源を切っているだけかもしれない。ただこっちはこれから捜査がある。柴さんの自宅に行って、様子を見てきてもらえるとありがたいんだが」

「わかりました。早速行ってみます」

美織に頼むと少し落ち着いた。こちらの考えすぎだとわかればそれでいい。

トイレから出ると、牧村が待ち構えていた。

「大丈夫か？　川澄さん」

「ああ、すまん。待たせたな」

柔道場を出ると、捜査員たちは三々五々自分たちに与えられた役割に向けて駆けだした。

川澄は牧村とともに、地下鉄に乗って定められた区域へと向かう。柴崎は本当にこの事件に無関係なのか。だったらなぜ、このタイミングで森下は殺されたのか。不安だけが深く心に広がっていくのを感じた。

2

捜査に出て半日が経った。

近隣住民から情報を得るべく歩き回っているが、事件解決への手がかりはそう簡単には見つからない。地取り捜査は区分けされた地域を捜査員が徹底的に聞き込み、情報を得ていく根気のいる作業だ。漏れがあると後でしわ寄せがきて、余計に時間がかかることになり、捜査が難航してしまいかねない。情報の収集はひとつひとつ慎重に行わなければいけない。

山崎川沿いにあるマンション住人から徹底的に話を聞いた。

警察から事情を聞かれることを面白がっている住人もまれにいるが、近所で殺人が起きているだけにたいていは硬い表情で応じた。

「ご存知のことと思いますが、昨日、ひなた公園で男性が殺されました。午後十時から十一時ごろ、不審な人物など見かけませんでしたか」

牧村に質問を任せ、川澄はメモを取りながら住人の様子を観察した。

「さあ、よくわからんがね」

七十歳くらいの男性は首を大きく横に振った。

「どんな細かいことでも結構です」

「ううん、その時間はもう寝てたんだわ。いつも八時には眠たくなってまうで」

はずれだな。この老人は何も知らない。川澄はメモをしていく。聞き忘れがないよう、牧村とともにしつこいほど丁寧に聞きこんでいくが、特に得られるものはない。まあ、こんなことで嫌になっていては刑事などやっていられない。

「そうですか、ありがとうございました」

礼を言ってドアをゆっくり閉めた。一軒一軒回っていくので、慣れない新聞配達員のようでもある。

当たり前のように、地取り捜査は簡単にはいかなかった。

川澄は十五階建てのマンションを見上げた。人気の文教地区と言われるだけあって、さっきよりもさらに住人が多いようだ。ここも担当の区域か。いったい何人住んでいるんだ。

本部に詰める係長の谷口らは今頃、上がらぬ成果にいら立っているだろうか。だがいらだちは川澄の方がきっと大きいだろう。

あれから何度も携帯を見ているが、沢木美織から連絡はない。柴崎は刑事をやめた後は携帯など煩わしいと思いチェックしていないこともある。病院にいて電源を切っているのかもしれない。そうであればいいのだが、美織は柴崎に会えたのだろうか。

「川澄さんは彌冨署、長いんだろ」

「ああ、県警本部に呼ばれることがないんでな」

以前から牧村は仕事の虫だ。昼飯もあんかけスパを三分で食べて休憩なしだった。仕事以外の会話もない。榊の軽口が少しだけ懐かしい。

次のマンションに向かおうと思った時、携帯が振動した。慌てて取り出す。表示は沢木美織からだ。牧村に断って、公園のトイレに駆け込んだ。

「どうだった？」

返事はワンテンポ遅れて来た。

「だめでした。自宅は不在です」

「柴さんはもう車に乗っていない。自転車は？」

「ありません。携帯にも自宅の電話にも何度かけてもつながらないです」

「奥さんのところはどうだ？　三輪子さんが入院している病院は」

「それも確認済みです。立ち寄った形跡はありません」

なんてことだ。昨日からまったく連絡が取れないということか。

もう半日以上だ。普段ならそれほど心配はしないが、よりによって森下が殺されたこのタイミングで……。森下殺しと柴崎の行方がわからないことについて関係性を捜査本部に訴えてみるべきかもしれない。

「川澄さん、私あれから捜査本部にも行ったんですが、そこで気になる情報を得ました」

「気になる情報？」

「森下竜馬宅を捜索したら、パソコンのデータに女性を盗撮した画像が残っていました。ストーキングしていた女性は何人かいたようで、たくさんの画像が残っていたんですけど、その中に柴崎曜子さんの画像もありました」

「そうか、やはり」

証言に加え、物証も出てきた。ここまでくれば森下が犯人であることは動かしがたくなってきた。曜子殺しの犯人は森下。だがその線が濃くなればなるほど、不安も比例して増していく。本当にどこへ行ったんだ、柴さん……。

「わかった。また何かわかればすぐ連絡して欲しい」

通話を切ると、公園を出て牧村と合流した。

事件につながる情報は午後になっても得られなかった。

夜の帳(とばり)は既に降りていて、虫の声がどこからか聞こえる。

さっき訪ねたマンションだが、不在の住人が何人かいたので、もう一度上から順につぶしていく。だが今回もむなしく空を切るばかりだった。最後に残った一〇四号室のチャイムを鳴らすと若い夫婦が出てきた。

「その時間は家族みんなでテレビを見ていましたよ。ちょっとわからないですねえ」

「わかりました。ご協力ありがとうございます」

このマンションも空振りだ。ひなた公園を見下ろせる位置だったが、誰も好き好んで夜の公園を見物しようとはしない。聞き込んだ区域は広がっていったが、皆目見当もつかない状況だった。

「今日はここで最後ですかね」

牧村は十階建てのマンションを見上げる。午前中に訪れたところよりは小さいが、大きめのマンションだ。さすがに不眠不休で歩き回っていて、心身ともに疲労がピークに来た。エレベーターの中でじっと立っていると、眠ってしまいそうになった。

「ううん、昨日は終電まで友達と飲んでたのよ。ごめんなさいね」

「そうですか、ありがとうございます」

この女性もダメのようだ。さすがに牧村にも疲労の色が出ていた。

上から順番につぶしていくが、誰からもいい反応はなかった。足元がふらつき、階段でつまずいて転びそうになった。何とか事なきを得る。ついでに柴崎や美織から連絡がないか携帯をチェックしたが、まるで連絡はなかった。

牧村が四〇七号室のチャイムを鳴らした。

応答はないが、人のいる気配があった。物音も聞こえる。しつこく何度も鳴らすとようやく男性の声が聞こえてきた。

「はい、今行きます」

出てきたのは、三十代半ばくらいで無精ひげを生やした男だった。川澄と牧村はこんばんはと身分証を見せた。

「え、なに警察？　マジで」

既に何百回とした説明を、同じように繰り返した。男性はフリーのライターで自宅仕事らしい。

「そういうわけで、ひなた公園で起きた事件の情報を集めていまして」

「ああ、俺、見ましたよ。怪しいやつ」

唐突な肯定(こうてい)に、川澄は面食らいながらメモを手にゆっくり顔を上げた。

「テレビのニュースで見てあれって思って。仕事に一区切りがついたら、警察に通報しようかと思っていたんで」

牧村は本当ですかと前のめりになった。

「後でちゃんと言おうと思ってたんですよ。いや、ほんとだって。日課でウォーキングしてるんだよ。いつも夕食のあと、一息ついてから歩いてるってわけ。歩くと家でじっとしているより、考えがまとまるんで」

無精ひげの男性が怪しい男を見たのは、午後十時くらいだったという。森下が殺されたのは午後十時から十時半だ。期待できるかもしれない。

「その人物について詳しくお願いします」

「いつもみたいに散歩していたら、公園の隅できょろきょろ、近所の家の様子をうかがってる男がいたんですよ。家は明かりがついてて人がいるみたいだったし、その家に住んでるやつじゃなさそうだった。何やってんだこいつって思ったけど、まあ、別に声かける用もないし」

「それってどの家かわかりますか」

牧村は無精ひげの男性に公園の周りの地図を提示した。男性はしばらく考えていたが、一軒の家を指し示した。

「ああ、そうそう。ここだ。この家」

それは森下竜馬の自宅だった。牧村は川澄の方を振り向いた。もしこの男性の言うことが本当なら怪しい。その時、森下は家にいた。その様子をうかがっている男がいたなら、森下が外に出てきたところで殺した可能性がある。その人物は重要な犯人候補だ。

「体格や顔は覚えていますか」

「ううん、あんまり覚えていませんね。暗がりだったし、フードをかぶってたからよくわからんけどあれは男だと思いますよ。身長はまあ、俺と同じくらいじゃないかな」

無精ひげの男性は一七〇センチくらいだろう。

「けど着ていた服だけは覚えている。黒いマウンテンパーカーだ」

「黒いマウンテンパーカーですか」

「ああ、間違いなく……って言いたいけど、暗かったし黒っぽいってことにしておいて」

牧村の質問に続き、川澄も同じようなことを言葉を変えて訊ねていった。この証言者が適当に言っているなら矛盾(むじゅん)が出るように訊いた。

最初は軽い口調だったのでいまいち信じられなかったが、これと言って矛盾があったり、おかしなところがあったりすることはない。意外と慎重だ。男性が話していくにつれて、その発言は真実であるように思えてきた。

「大柄でしたか」

「でかくはねえって。さっきも言ってたでしょ、俺と同じかむしろ小さい」

川澄の質問に、無精ひげの男性はいまさらなんでそんなことを聞くんだという顔を見せた。大柄な柴崎のことが頭にあってつい聞いてしまった。

「ありがとうございます。ではこのこと、警察でも話してもらえますか」

「いいよ。ただちょっと待ってもらっていいですか。仕事を片付けないと。締め切りがほんとやばくて。終わったらすぐに行く」

それからもう少し問いを重ねたが、無精ひげの男性はこれ以上のことはどうやら知らない様子だった。

礼を言って、無精ひげの男性のところをあとにした。

「やっと情報が得られましたね」

「ほとんど特徴と言えるものがないがな」

険しい表情で川澄は応じた。だが本当はどこかほっとしている。柴崎は一八〇センチ以上ある。現役時代、体重は一〇〇キロを楽に超えていた。今は昔より減っただろうが、それでも九〇キロはあるだろう。あの証言が正しいなら、男性が目撃した怪しい人物は柴崎ではない。

この男性の言う人物が犯人であって欲しい。そうあってくれと念じながら、地下鉄に向かった。

3

捜査本部のある柔道場に戻ると、既に多くの刑事たちが詰めかけていた。

山田と組んだ榊の姿もある。捜査一課長も席につき、捜査会議は始まろうとしていた。刑事たちはそれぞれの班ごとに腰掛けている。

やがて榊がかなり困憊(こんぱい)した顔で戻ってきた。組んでいる山田の姿はない。

「だいぶお疲れのようだな」

川澄が声をかけると、榊はため息で応じた。

「いえ、それほどでもないです」

強がっていたが、いつになくいら立っているように映る。ひょっとして組んでいる山田に不満があるのだろうか。

「どうした？　捜査一課の相手がやりにくいか」

図星だったようで、榊は否定するタイミングを逸して首を傾げた。川澄は周りに誰もいないことを確認してから、少しいやらしい顔をした。

「俺の前なら大丈夫だ。言ってみろ」

「いえ、別に高圧的だとか、話が通じないとかそんなのはないんですよ。でもなんていうか、無駄が多くて回りくどいんですよね」

「コスパが悪いか」

「最悪です。同じことを繰り返して、ちっとも進んでいかないんですよ」

「言葉を変えながら繰り返して訊くのは基本だぞ」

　そんな気もないのに、山田をかばうようなことを言ってしまった。

「いえ、それはわかっているんですよ。でも山田さんの場合、慎重に聞き逃さないとかそういうレベルじゃないんです。どう考えても意味のないことを聞いていることが多くて。質問の意味がわからなくて相手もこっちも時間をロスしちゃうんです。初動捜査って聞き洩らさない慎重さも必要ですけど、スピードも重要じゃないですか。それなのにバランスが無茶苦茶っていうか、あれじゃあかえって大事な部分を聞き逃しちゃうかもしれませんよ」

　余計なところで気疲れして、珍しく軽口をたたく余裕もなさそうだ。ぐちり出したら止まらないようで、今度は山田の体力のなさを皮肉りはじめた。

「それで捜査は空振りだったのか」

「そういうわけじゃないんですけど」

　ぐちっていたわりに、何か収穫があったような口ぶりだった。

「まあ、偶然ですよ。地取りの手柄なんてしょせん運ですよね」

外国人のように榊が両手を広げた時、山田が近づいてきた。川澄の姿は目に入っていないようで、ぶつぶつと独り言を言いながら、のっそのっそと歩いている。

「川澄さん、それじゃあ」

榊は山田のところに向かっていった。どうやら榊と山田は生理的に合わないようだ。わずかな暇を惜しむように会議は始まった。

進行役の最上係長に促されて、各班の説明が始まる。

「被害者ですが、森下竜馬は瑞穂区の自宅で一人、暮らしていたようで……」

最上班の刑事が、森下竜馬やその関係者について調べたことを報告していく。生い立ちや職歴、過去に飲酒運転で警察を辞めたことなど、だいたい知っているものが多かった。

地取り班ではこれといった情報はないという報告が多い中、牧村は無精ひげの男性の証言についてありのままに伝えた。

「そういうわけでして、午後十時前に怪しい人物が明かりのついている被害者宅の様子をうかがっているのを住人が目撃しております。特徴ですが年齢は不明。身長は百七十センチ前後で黒っぽいマウンテンパーカーを着て、フードをかぶっていたということです」

柔道場内には静かなざわめきが起きた。

「それ以上の情報はないのか」

谷口が訊いてきた。牧村は調査中ですと答えて報告を終えた。牧村の報告は確実に捜査会議に一つの流れを作っただろう。

次に立ち上がったのは山田だった。

「こちらでも目撃者がいました」

目をしょぼつかせながら猫背気味に山田は報告を始める。

「午後十時半過ぎに近くに住む学生が、公園から走って出てくる男性を目撃していました。体格ですが身長一八〇センチくらい。眼鏡をかけていて、年齢は六十代後半くらい。手には刃物のようなものが握られていたということです」

さっきより大きなざわめきが起きた。刃物を所持していたという情報は一瞬で牧村の報告を覆していくだけの力があった。手柄になるかと思った情報がむなしく響く。いや、そんなことはどうでもいい。それよりも山田の報告にあった男性の特徴は、いやがおうにも一人の人物を思い起こさせた。

最上はうなずきながら報告を聞いていたが、鋭い眼差しになった。

「山田、刃物というのは確かか」

「繰り返し聞きましたが、ちょうど公園の外灯の光が反射して光ったそうです」

山田はポーズをとって実演した。

「刃物のようなものを、こうやって体に沿わせて隠すように持っていたということです」

刃物のようなものを持っていた男と、川澄たちが報告した黒いマウンテンパーカーの男は明らかに別人だ。特に刃物を持っていたという事実からそちらの方がインパクトがあったが、川澄が得た証言の黒いマウンテンパーカーも怪しいことには間違いない。

「死亡推定時刻は十時から十時半くらいだったな」

最上の問いに、谷口がええと答えた。

「どっちも当てはまりますね」

「だが片方は刃物を持っていた」

それから会議は、山田が報告した大柄な人物が怪しいという方に向いていった。しかし黒いマウンテンパーカーの男の線も捨てられたわけではなく、どちらも追うということで決着を見た。

会議は終わり、捜査員たちはそれぞれに役割を与えられて別れていった。

川澄は放心状態だった。手柄を立てたつもりが、娘婿となる山田に一瞬で覆されたショックも多少はある。だがそんなことよりも報告された内容の方だ。山田の報告にあった人物の特徴は、柴崎にぴたりと一致している。

「川澄さん、いいかな」

振り返ると、牧村だった。

「どうした。行くか」

「いや、川澄さん、何か隠しているんじゃないか。何度もトイレに行ったり、やたらと携帯を気にしたり。それに表情がおかしい。今日の川澄さんは心ここにあらずだ」

問われて言い淀んだ。さすがに鋭い。

「一緒に捜査していく身だ。どうか教えて欲しい」

牧村は眼鏡を直して真剣なまなざしを向けてきた。

「どんな事情があってもこの場だけでとどめておく。教えてくれ。この事件は殺人事件だ。そんな中途半端な気持ちで捜査していては死んでいった人間に失礼だ」

かたくなだった。この調子では適当にごまかして済みそうにない。いずれわかるだろうし、仕方ない。

「牧村、柴崎曜子さんが殺された事件について知ってるか」

捜査一課に来て長いのなら、牧村もこのことは詳しく知っているだろう。実際、牧村が未解決事件専従捜査班に入る可能性もあったという。

「ああ、赦せない事件だ」

牧村は警察学校時代に柴崎に世話になったらしい。尊敬すべき刑事だと言っていた。

「今は誰にも話さないでおいて欲しい」

やむを得ず、青山巡査部長の死から、柴崎が姿を消したところまで話した。牧村はまさかと言ったまま、しばらく固まっていた。

「そうだったのか。なんてことだ」

「どう思う？　柴さんが森下を殺した可能性について」

口にしてしまうと、一気に現実味を帯びていくような感覚があった。牧村も会議で山田が報告した人物の特徴が、柴崎と一致していることに気づいただろう。しばらく考え込んでいたが、やがて牧村は口を開いた。

「川澄さん、言いにくいことだがあり得ると思う。もし本当に柴さんが森下を殺したんだとしたら、同情の余地は多分にあるだろう。でも柴さんはそんなもの、きっと望まない。怖いのは柴さんが自殺してしまうことだ」

自殺という二文字が頭に残った。すぐに思いついて当然のはずだが、知らず知らずのうちにその可能性を封じ込めてきたのかもしれない。

「すぐに自首しないで行方不明になったのなら、その可能性はある。柴さんが犯人だと決まったわけじゃないが、何とか早く、見つけ出さないといけない」

その通りだ。とはいえ、こちらの仕事も放棄することはできない。

「ただもしそうだとするなら、どうやって柴さんは森下のことを知った？　自力で森下竜馬までたどり着けるとは思えない。だからといって専従捜査班が情報を漏らすとも思えない。専従捜査班でも青山巡査部長の死がなければ、森下なんて眼中になかったわけだし。どうやって柴さんが森下にたどり着けるのかがわからない」

牧村は顎をきつくつまんでいた。

このままでは埒が明かない。とりあえず行こうと思った時、川澄を待っていたかのように谷口が近寄ってきた。

「誰かが柴さんに森下のことを漏らしたのか」

森下殺害と柴崎の行方不明。もうこれは偶然では済まされない。川澄はそう判断して少し前に谷口に報告した。谷口も柴崎がこの事件と絡んでいると疑っている様子だ。

「係長、今すぐ、柴さんを探させてもらえませんか」

川澄の言葉に谷口はうなずいた。

「牧村、川澄、お前らの班は柴さんを探せ。車を使っていい」

谷口は言い残して背を向ける。川澄は無言で頭を下げた。


念のためにもう一度柴崎にかけたが、電話はつながらなかった。

柴崎はどこにいるのだろう。とりあえずは行きそうなところをしらみつぶしに当たるだけだ。さっそく駐車場に向かうと車を出す。

まずは柴崎の自宅に行って様子をうかがった。やはりいない。犬小屋の前でマロはさみしそうにくうんと鳴いている。エサ入れには多量のエサが盛り付けられていた。庭では柴崎があんなにかわいがっていた野菜がしおれかかっていた。

車は八事に向かった。柴崎の妻、三輪子が入院している病院がある。

川澄は途中で助手席から牧村に問いかけた。

「柴さん以外に犯人候補、思いつくか」

「うん？　現状ではあのマウンテンパーカーの男くらいだろ」

「まあな。これまで森下について調べていたんだ。そうすると森下に脅されていたという人物が出てきた」

川澄は柴崎以外の可能性を考えたくなり、話を切り出した。

「そういうわけでそのフィリピンパブの主人によると、森下は捜査一課長を脅してストーカー犯罪を隠蔽したらしい。もし十五年前の事件で森下が逮捕されれば、隠蔽のことまで知られかねない。その人物が先手を打って森下を殺したって考えることもできる」

なるほど、と牧村はうなずいた。

今のところ、柴崎が事件にからんでいるかどうかはわからない。しかし山田が聞き込んだ情報の男は、柴崎に酷似しすぎている。こんな偶然、ありえるだろうか。

すぐに病院が見えてきた。駐車場に車を停める。

川澄は受付で身分証を提示し、柴崎三輪子に会えるか訊ねた。

「警察の方ですか。面会時間は終わっているので本当は困るんですが。興奮されたり、疲れてしまうといけないので、どうかできるだけ短い時間で十分ご配慮願います」

「ありがとう、気をつけます」

病院職員に案内されて、川澄と牧村は三輪子のいる病棟に足を運んだ。

眠っていたようだが、川澄が少し待ちますと言うと、目を開けた。

「お久しぶりです」

川澄は会釈した。三輪子はとろんとした目でこちらを見上げた。

「お見舞いも持たずにすみません」

「そんなこと、いいわ。食欲なくて食べられないもの」

「柴さん、ここに来ていませんよね」

問いを予想していたようで、三輪子はこくりと首を縦に振った。

「ええ、ちょっと前にも警察の人が来て、同じことを聞いていったわ」

きっと美織のことだ。そうですかと相槌を打つ以外になかった。難しいな。病身とはいえ三輪子は聡明な女性だ。下手なことを聞けない。いや、こんな短期間に捜査員が何人も来て柴崎が来たかどうかと聞いていくのだ。おかしいと思うだろう。

「森下竜馬という人物について、何かご存知ですか」

問いかけたのは牧村だった。三輪子は無言で考えている様子だったが、しばらくして大きく首を横に振った。

「さあ、聞いたことないわ」

「そうですか。ありがとうございます」

否定されて少しほっとした。

部屋の入り口で待っている看護師の目を気にしながら、川澄はもうしばらく三輪子と話した。だが柴崎の行方に関する情報はこれと言って得られなかった。突然押しかけて申し訳なかったと礼を言った。

「川澄さん」

呼び止められて振り返った。しかし三輪子の開いた口からは、それから何も言葉が出てこなかった。

頭を下げて病室を後にする。病気の三輪子に余計な心労をかけてしまったと、心苦しさだけが残った。

それにしても気丈な人だ。病身でありながら、夫の行方を聞きに刑事が立て続けにやってきても冷静な対応ができるのだから。二人の娘を失って、激動の人生を歩んできたからなのかもしれない。

駐車場に向かおうとした時、携帯に着信があった。

表示は柴崎となっていた。川澄は慌てて通話に出た。

「柴さん！　どうしたんですか」

大声に牧村が目を丸くしてこちらを見た。

携帯の向こうから、すぐに声は聞こえてこなかった。だがこうしてかけてきたのだ。柴崎はまだ生きている。そしてすべてはこちらの思い過ごしだと笑い飛ばしてくれる。そう思ってもう一度、柴崎に呼びかけようとした。

「川澄、マロの世話をしてやってくれるか」

思いもしない頼み事だった。

さっきもマロは犬小屋の前で寂しそうに飼い主の帰宅を待っていた。どうしてこんなことを頼む？　大事にしていた犬ではないか。柴崎の口調は優しく、いつもと変わらなかったが、どことなく寂しそうに思えた。

「どういう意味です？　柴さん」

「それと三輪子に会ったんだろ？　すまなかったと伝えて欲しい」

川澄は携帯を耳に当てたまま、あたりを見渡した。

病院に来たのはつい先ほどだ。いるのか。柴崎はこの近くで見ているのか。牧村も病室の外で柴崎が来ないかうかがっていた。

「すまんな。もう少しだけ待ってくれ」

「柴さん！　どういう意味だ」

呼びかけるが、すでに通話は切れている。川澄は牧村と一緒に病院の周囲を探した。だが柴崎の姿はどこにも見つからない。

川澄は夜空を見上げる。星はまるで見えなかった。

4

携帯をしまうと、自転車にまたがった。

病院の近くまで行ったが、中に入ることはできなかった。

最後に三輪子に会って謝ろうと思ったのだが、それはかなわなかった。川澄と牧村がいるのを確認した以上、他にも私服警察官が配置されていると考えないといけない。こんな形で別れるなど思いもしなかったが、仕方がない。

近いうちに柴崎が森下を殺した犯人であるというニュースは三輪子のもとへ届くだろう。どうしてこんなことをしたのかと情けなく思う。三輪子に残された時間はあとわずかだ。そんな時にそばについていてやれなくなったのが一番の罪だ。

三輪子……本当にすまなかった。

もう会えないと思うと、小さいころからの思い出があふれかえってくる。県境の小さな村で育った二人はいつも一緒だった。二人の娘に恵まれたが、また二人きりになってしまった。彼女だけは最後まで守りたい、幸せにしたいという思いだけでこれまで生きてきた。

それなのに……だがこうするしか自分には思いつかない。

スーパーで安い菓子パンや牛乳を買うと、柴崎はトイレの個室で服の袖をまくり上げた。

適当に巻いてあった布をほどいて傷口を見る。まだ血が滲んでいる。家から持ってきた消毒液をリュックから出して手当てをする。ついでのように用を足す。

柴崎は手を洗いながら、鏡を見る。無精ひげが生えていて、ひどい顔だなと思った。このまま指名手配犯の写真にされたらよく似合う。帽子やマスクで変装してはいるが、最近はどこでも防犯カメラがついている。いずれこのスーパーに寄ったことも警察にわかるだろう。

携帯でニュースを確認した。森下が殺されたことは既に報道されていて、あちこちに検問ができている。予想通り手配するのが早い。捜査本部はどこまで、事件に迫っているのだろうか。もう自分を犯人だと断定して徹底的に迫っているだろうか。それなら二度と自宅にも戻れない。まあ、今さら構いやしない。長い間逃げるつもりはない。

店から出て、自転車のスタンドを蹴った時に後ろから声がかかった。

「あの、すみません」

ゆっくりと振り返る。一瞬、もう警察がやって来たのかと思って驚いた。だが立っていたのはまだ二十代前半くらいの女性店員だった。

「これ落としましたよ」

差し出されたのはハンカチだった。さっきトイレに行った時に落としてしまったようだ。

「ああ、すみません。ありがとう」

怪しむ風も見せずに、女性は微笑んで去っていった。せっかくの善意だったのに、驚いて変な顔をしてしまった。

　黒い帽子をかぶると、柴崎はリュックサックを前かごに入れて、自転車でしばらく走った。マロの世話は川澄に任せた。一方的に押し付けた感じだったが、多映子もいるから可愛がってくれるだろう。その心配はしなくていい。

　大きな公園に入ると、自転車を停めた。公園には「小屋がけ禁止」という立札が見える。ホームレスが何人か寝ていた。家にあった防災グッズの中からアルミシートを持ってきた。今日はそれにくるまってここで休んでいくか。

　以前、この公園ではホームレス襲撃事件があって、柴崎も駆り出された。ひどい事件で中高生三人を逮捕した。ホームレスになる事情はいろいろだ。だがあの時はまさか自分がここで寝るようになるとは思いもしなかった。

　ベンチに腰掛けると、包帯を巻いた手を見つめながら、ここ数日のことを考えた。本当にどうしてこんなことになってしまったのだろう。いや、考えていても仕方ない。こうなった以上、後戻りなどはできないのだ。

　オフィス街なので、近くの地下鉄に向かう人々の姿があった。会社帰りのＯＬや、女子大生の姿も見える。

　待ち合わせのようで、一人の女性が地下鉄の出入り口の前で立っていた。リクルートスーツ姿だ。髪が長く、どことなく死んだ曜子に似ていた。スマホをいじっている。あまり見ていると、不審者と思われるので柴崎は目をそらした。

女性はやがて微笑みながら手を振った。スーツ姿の若い男が走ってきて手を振り返している。女性はすぐにその男のところに駆け出して行った。

「待った？」

「いや、今来たとこだよ」

「そんじゃあ、行こうか」

口の動きからして、そんな会話を交わしているようだ。週末の仕事帰り、これからデートだろうか。二人は手をつないで、幸せそうだった。

さっきハンカチを拾ってくれたスーパーの店員もそうだが、若い女性を見るとつい曜子と和可菜のことを思い出してしまうようになった。二人が生きていたらこんな感じだっただろうか。いい人もできて今頃幸せになっていただろうか。そんなことを考えてしまう。

買ってきたメロンパンを頬張って、牛乳で胃に流し込んだ。腹が膨れてうとうとした際、制服警官の姿が視界に入った。他のホームレスに事情を聞いている。内容は聞き取れないが、まずい状況だ。

柴崎はすぐに立ち上がると、アルミシートを畳んでリュックにねじ込んだ。

ここでは休めない。逃走するならホームレスに混じると考えるのは自然だろう。捜査本部では柴崎が犯人だと決めつけて、もう手を打っているのだろうか。早すぎる気もするが、こうしてはいられない。逃げなければ。そう思ってしばらくあてもなく歩いた。

いずれ近いうちに自分は逮捕されるだろう。この身はどうなっても構いやしない。だが今は捕まるわけにはいかない。もう少しだけ待って欲しい。川澄にさっき電話で伝えたのは本心だ。

柴崎はポケットに手を突っ込むと、肩をすぼめながらしばらく歩く。ポケットの中に忍ばせたナイフをぐっと握りしめた。

第四章　彷徨

1

まぶしい朝日が柔道場に降り注いでいた。

一本の電話は、捜査の流れを大きく変えた。柴崎から川澄のもとへかかってきた電話について、牧村は詳細に会議で話した。

「そういうわけでして、柴崎元警部補は現在、行方不明となっています」

通話内容は決定的な証拠を提示するものではなかった。にもかかわらず、その報告を聞いて柔道場にいた捜査員たちは確信を深めていったように映った。

「自白のようなものだな」

谷口は言ってから目を伏せた。本人と直接電話で話した川澄にもそう思えた。だがわからない。この事件が本当に柴崎による復讐殺人だとして、柴崎はどうしてすぐに自首しなかったのだろう。もう少しだけ待ってくれ。柴崎はそう言った。何をするというのだ。

「山田、どう思う?」

最上に指名されたのは、柴崎につながる目撃情報を聞き出した山田だった。目撃情報を得たからではなく、最上が山田のことを頼りにしている。そんなニュアンスが伝わってくるような名指しだった。

榊の横に座っていた山田は腰を浮かして、伸び始めたひげをつまんだ。

「柴崎佐千夫が森下を殺した犯人で間違いないと思います」

誰もがわかってはいても言い出しにくいことを、山田はさらりと口にした。肩書も敬称もない柴崎の姓名が呼ばれたことに、川澄は軽く頰を張られた気分だったが、最上は眉一つ動かさなかった。

「報告のあった電話だけでそう断定していいのか？　電話の中では柴崎元警部補は一言も自分が犯人だとは言っていない」

捜査一課長の問いに山田はぺこりと頭を下げた。

「ええ、そうですね。ですが話を聞く限り、明らかにそのニュアンスです。身体的特徴が目撃証言とも一致します。動機は娘の復讐。十分です」

事ここに至って、青山の遺書の内容については、捜査員全員の知るところとなっていた。森下が曜子殺しの容疑者として浮上したことについても周知されている。

「そのうえ、間接的な自白まであるのなら、状況も完全に本星でしょう。むしろこの状況下で柴崎が犯人でないと思える理由がありますか」

呼び捨てが川澄の心をちくちく刺した。

「疑わしきは被告人の利益に、だ」

最上が弁護士のようなことを言った。会議に出席していた若い検事が捜査一課長の横で苦笑いした。

「係長、いずれにせよ、こういう状況なら柴崎佐千夫を徹底的に追う以外にないのではありませんか？　捜査本部の総力をあげて柴崎を探すべきです」

山田の言葉に川澄が立ち上がった。

「待ってください。もう一人、怪しい人物がいます」

川澄は山田に鋭い視線を送った。

「黒いマウンテンパーカーの男です。どう考えてもあのタイミングで森下の家の様子をうかがって、あそこにいるというのはおかしいです。柴崎元警部補だけでなく、その人物も引き続き、追うべきだと思います」

「川澄さん、そいつは無関係ですよ」

山田は即座に否定した。

「この状況、どう考えても怪しいのは柴崎です」

「はあ？　なぜそいつが関係ないって言い切れる？」

「それは……」

山田は何か言いかけたが、最上が割って入った。

「柴崎元警部補と共犯の可能性もある。川澄の言う通り、その人物も追うべきだ」

「いえ係長、これは単独犯でしょう」

「根拠はあるのか」

最上に問われて山田は口を閉ざした。思わぬ形で加勢が入ったが、川澄も本心では山田の方に分があると思っている。柴崎が単独で犯行に及んだと考えた方が自然だ。だがそれでも反論せずにはいられなかった。

「緊急配備検問もぬかりなく行っているし、捜査をもう一人の人物に振り分けても人員は十分だ」

最上が口を開いた。

「そうは言っても、柴崎元警部補を中心に追うべきなのは私にも異論がない。それよりも山田、問題はこの場合、柴崎元警部補が言っていた言葉ではないのか？　もちろん犬の世話のことではない」

冗談に誰も笑うことはなかった。山田もじっと最上を見つめている。

「柴崎佐千夫が今から何をしようとしているか、ということですね」

「そうだ。もう少し待って欲しい……柴崎元警部補がそう言ったのなら、その意味を考えるべきだろう。いずれ出頭する。だが今はまだ捕まるわけにはいかない。何か目的を果たしたらこちらから出向く。川澄、そういう感じだったのだろう?」

「そうです」

川澄は簡潔に答えた。

だがその意味が本当にわからない。なぜまだ捕まってはいけないのか。曜子を殺した復讐を果たしたとしたら、あとは素直に自首すればいい。しかし柴崎は逃げた。凶器も現場に残していない。これが何を意味しているのだろう。まるで証拠隠滅。柴崎の性格を考えれば、潔くない。

「捕まる前にしておきたいことは何だ」

谷口がつぶやくように問いかけた。考えられるのは、大事な人に会いに行くことだ。それはきっと三輪子だろう。だが今も三輪子の入院する病院には警察の人員が配備されており、その隙をついて会いに行くことは不可能だろう。ましてやあの電話で柴崎は三輪子に謝っておいて欲しいと言った。もう会えないと覚悟しているのだ。三輪子に関することでもない。

柴崎が何をしようとしているのか。答えのない難問に、沈黙がしばらく支配した。

「もう一人、殺すためかもしれません」

その言葉に大きなざわめきが起きた。捜査員たちの視線は、その言葉を発した人物に注がれている。川澄も睨みつける。その先にいたのは山田だった。

「どういう意味だ？」

我慢できずに川澄は問いかける。山田はひな壇の方を向いて視線を外した。

「すみません。発言しておいてなんですが、このことに関しては確信はありません。ただ調べたところ、柴崎佐千夫の性格からして、逮捕を恐れて逃亡するなど考えられないことです。奥さんに会いに行くためでもない。柴崎はすでに復讐という方向に舵を切っている。まだやり残していることがあるとしたら、娘さんの仇を討つことでしょう。つまり復讐はまだ終わっていない。そう考えることもできます」

ざわめきが起きた。そんなことがあるか！　川澄は叫びたかったが、先に捜査一課長が口を開いた。

「誰を殺すというんだ？」

「わかりません。ただし柴崎佐千夫がこのタイミングで犯行に及んだということは、最近森下のことを何らかの形で知ったということです。青山巡査部長の遺書のことも同時に知った可能性があります。そう考えるなら、ストーカー被害を知りながら曜子さんを助けなかった人物、事件後も隠蔽しようとした人物は、柴崎にとって娘を殺した森下と同じくらい憎いのではないでしょうか」

「もういい。ただの推測だ」

最上は払いのけるような仕草をして、山田は席に着いた。

ざわめきが収まらなかった。無茶苦茶だというのではない。山田の推理は確実に捜査員たちの心に響いている。川澄も今、そうかもしれないと確かに思った。曜子の事件が複数犯の犯行であるならともかく、あれは単独犯だろう。だから柴崎が森下以外にも復讐するというのはこれまで考えの外だった。

だがそういう考え方もあるのだ。もし柴崎が殺すとするなら誰だ？　その答えは川澄の中で出ていた。青山巡査部長の葬儀で会ったことのある人物。あの男ではないか。遺書のことが捜査本部で明らかになった以上、そうすると自然と一人の人物が浮かび上がる。元捜査一課長、白井哲史だ。柴崎が白井を狙っている……？

山田の発言は流れを作らなかった。それから会議は柴崎の行き先についての議論が中心となったがどの意見も説得力を欠いていた。地道な聞き込みと検問の強化、柴崎が向かいそうな場所について手分けして捜査が行われることになった。

会議が終わって、捜査員たちは会議室を後にする。川澄も牧村とともに柔道場を出た。誰かが後ろから早足で追い抜いていく。山田だった。後を榊が追っていく。川澄は何も言わずに山田の背中を目で追っていた。

マウンテンパーカーの男について主張した川澄は、そちらを調べるよう言われるかと思ったが、谷口に呼び止められた。

「川澄、どう思う？」

「柴さんがもう一人、狙っているということですか」

　谷口はああとうなずいた。考えすぎであって欲しいとは思う。情報はしっかり管理されていたにもかかわらず、誰かが柴崎に漏らした。そうすると山田が主張したように、森下のことだけではなく、その隠蔽した人物についても柴崎は知っている可能性が高い。

「山田の推理は当たってるかもしれんな」

　ともに青山の葬儀に出席した谷口も、同じことを考えていたようだ。

「狙われているのは白井さん、ですか？」

　白井が森下の言いなりになってストーカー犯罪を見逃した挙句、隠蔽を指示していたとしたら。もし日葵が曜子と同じ目にあっていたのなら、きっと自分だって森下だけでなく白井のことも激しく憎むだろう。

「もし山田が言う通りなら、新たな復讐は絶対に阻止しなくちゃならん」

　その通りだ。川澄はうなずいた。

「お前らは白井に張り付け。一瞬でも逃すな」

「わかりました」

　川澄と牧村は駐車場に走った。今こうしている間にも、柴崎は白井を狙って動いているかもしれない。助手席に乗り込むと、すぐに扉を閉めた。

「川澄さん、どう思う？　ありえると思うか」

ハンドルを握りながら、牧村が訊ねてきた。そんなことわかるかと吐き捨てたい気持ちだったが、さあなと応じた。山田のことは最初は頼りないやつと思ったが、勘の良さは悔しいが認めざるを得ない。だが今、そんなことはどうでもよかった。本当に柴崎がそんなことを考えているのだろうか。もし二人殺せば待っているのは死刑だ。今でも信じられない思いだが、もし本当に第二の犯行があるとしたら命懸けで止めなければいけない。

公用車は坂道を上った。幼稚園バスを見送るマダムたちが話しているのが目に入って、白井という表札を見つけた。芝生がきれいに整った赤レンガ風の二階建ての邸宅だ。ナビの表示よりも少し早く白井の邸宅についた。

「ガレージに車は停まっているな」

「ああ、白井さんに事情を話そう」

チャイムを鳴らすと、返事があって七十前後の女性が出てきた。上品な感じで白井の奥さんのようだ。身分証を提示して、白井は在宅かと訊ねた。

「いいえ、主人ならいませんけど。出て行ったばかりで」

「どこに行かれたんですか」

「ああ、伏見(ふしみ)のライフプラザですわ。あそこのカルチャースクールに通っているんです。市がやっているお年寄り向けの文化教室ですよ。引退後、よく行ってるんです。終わった後は適当に栄や大須(おおす)をふらふらして、いつも夕方、帰ってくるんです」

まずいな。特定の行動パターンがあれば尾行されて狙われやすい。警察関係者に顔の広い柴崎なら、白井のことを知り合いから聞けるだろう。はっきり容疑者として報道されているならともかく、こんなことは一部の者しか知らない。

「いろいろ仕事の話はいただくんですけど、引退したらのんびり好きなことをやりたいって全部断ってまして」

川澄は牧村と目を合わせた。

「白井さんの携帯番号を教えていただけますか」

「それがあの人、いつも外出する時、携帯持って行かないんです。のんびりしたいのに、いつ電話がかかってくるかと思うと休めないから勘弁して欲しいって」

悠々自適も困ったものだな。しかしそんなことに文句を言っていても始まらない。

「どうかされたの?」

「いえ、たいしたことではないんですが」

「わかってますわ。刑事さんは言えませんものね」

白井夫人は両手を小さく振った。ものわかりのいい女性で助かった。礼を言い残して、白井宅を後にした。

森下のストーカー行為を隠蔽した疑惑について聞くことはできなかったが、行き先は決まった。一度、車に戻った川澄と牧村は話し合った。

「まだ家を出たばかりなら、伏見には着いていないはずだ」

　そうだなと川澄はうなずいた。

「俺は車で行く。川澄さんは地下鉄で向かってくれ。ゆっくり行ったのなら、もしかしたらまだ電車を待っていて追いつくかもしれん」

「わかった」

　牧村と分かれると、川澄は急ぎ足で地下鉄の駅へと向かった。

2

　駅はすぐ近くだった。階段を駆け下りて構内を見回したが、改札にもホームにも白井の姿はなかった。

　そうしているうちに電車が来て、川澄は乗り込んだ。吊革につかまりつつ、ゆっくりと息を整える。もし柴崎が白井を狙うなら、自宅の前で待ち伏せるのが一番確実だろう。森下も自宅前の公園で殺された。だが少なくともここまではそんな様子はない。

　本当にどうしてこんなことになってしまったのだろう。柴崎との出会いから今までが思い起こされた。

　初めて出会ったのは、取調室だった。

普通科の高校に通っていた川澄は当時、十六歳。あのころは今のように陰湿ないじめではなく、はっきりとした暴力やかつあげが横行する時代だった。

川澄は同級生がかつあげにあう現場に遭遇した。別の高校に通う三人組の連中に金をせびられていたのだ。考えるよりも早く体が動き、割って入った。一発殴ってやるとその連中は退散した。同級生は礼を言ってくれた。川澄はヒーローになった気分だったが、その同級生はどこか悲しげだった。

それから一週間後、雨上がりのその日、川澄はいつものように帰宅しようとしていた。しかし途中の空き地近くで三人組の少年に襲われた。それはこの前、同級生をかつあげしていた連中だった。あの時は人がいたから退散しただけで、連中はずっと川澄に狙いをつけて待ちぶせしていたのだ。連中は自分からは手を出さず、囲み込んで川澄に暴言を浴びせて挑発した。比較的体格に恵まれていた川澄は、一人の男の髪の毛を引っ張ってすごんだ。しかしその連中はむしろ、川澄の方から手を出すのを待っていたようで、すぐさま蹴りが腹に刺さった。

しゃがんだ瞬間、拳（こぶし）が飛んできて目の前が暗くなった。それからは何度か殴られ蹴られ、相手の一方的な攻撃が続いた。川澄は視界が半分消えた状態で拳を放ち、一人が倒れたが、それはさらなる攻撃の呼び水となった。

意味のわからない声だけが聞こえていた。朦朧（もうろう）とする中、噴水のように鼻から飛び出た血だけが相手に与えたダメージだった。

「きったねえ」

最後に聞いたのはそんな声だった。病院に担ぎ込まれ、意識が戻った時、両親は生きていてよかったと涙を流していた。眼窩底(がんかてい)骨折に鼻骨骨折、足と手の骨も折れていて、肩は脱臼(だっきゅう)していた。数日は熱が引かなかった。退院には三週間を要した。

初めて受けた圧倒的な暴力の前になすすべがなかった自分が腹立たしく、悔しくてやり返したい思いでいっぱいだった。立派な傷害事件だったので、退院後に取調室で事情を聞かれた。狭い取調室を占領するように、その大きな男は立っていた。

「怖い目にあったね。詳しく教えてくれるかい」

柴崎に事情を聞かれた時、ありのままに述べた。悔しい思いもすべてぶちまけた。柴崎は優しい顔ですべてを聞いていた。

「なるほどね。連中は一人では何にもできないんだよ。だが君は勇敢な子だ。今の若い警官にも見習って欲しいくらいだ」

柴崎に褒められているうちに、気分がよくなっていった。そうだ、自分は正義感で向かっていった。あんな連中、どうせろくなものにならないんだ。いずれ警官になって逮捕してやる。川澄はそう思った。

そんな中、柴崎は意外なことを言った。

「だが君は負けたんだ」

川澄は目を瞬かせた。何を言っている。確かにあれが喧嘩と言うなら負けだろう。しかし悪いのは連中だ。こちらに何の非がある。柴崎は先に手を出したのは君だ。髪を引っ張れば傷害罪になるということを説明した。理屈はわかる。だがそれでもあれが負けだなどとは思えない。自分は仲間を救おうとしただけだ。その何が悪い。

「連中はくずだ。だがそれは決して君が立派だということではない」

同級生を救おうとしたその行為が決してすべて正義感から出たものでないこと、そうすることで後でどうなるかまで考えたわけでないこと、本当の喧嘩に慣れていないのに無謀にも向かっていったこと、柴崎はそれらを指摘していった。あの時、大声を出して人を呼ぶという選択肢はなかったのか？　逆に問いかけられた。どうしてかばってくれないんだと、この刑事が腹立たしく思えた。

ただ一方的に批判されているのに、柴崎の言葉には熱があった。自分のために真剣に向き合ってくれていると感じた。

「その友人は最初、悲しい顔をしていたんだろう？　殴ることで一時的に追い払っても、連中が黙っているはずがない。きっと何倍にもして仕返しされるとわかっていたんじゃないのか」

柴崎は川澄が少しだけ話したこともすべて記憶していて、丁寧に川澄の思いを受け止めていった。

今思えば、それが自分の原点だったように思う。あの時の柴崎の姿は今も鮮明に印象に残っている。天啓というようなものではない。この言葉もすぐに腑(ふ)に落ちたわけではない。何を言ってやがるとむしろ反発のようなものさえ感じたのだ。しかしそれから心は変わっていく。心地よい敗北感のようなものがあった。

高校を出て警官になって、柴崎に再会した。その仕事ぶりは、刑事の鑑とでも言うべきものだった。柴崎は事件の大小関係なく、事情を聞くすべての人に分け隔てなく誠実に接していた。

そんな柴崎が復讐などするだろうか。柴崎の思いがわかるなどとうぬぼれるつもりはない。とはいえ森下までならともかく、白井まで殺そうとするなど、自分には信じられない。

やがて地下鉄は伏見に着いた。地下鉄の階段を駆け上がって少し歩くと、グレーの巨大な球体が左手に見えた。名古屋市科学館だ。建て替える前のプラネタリウムの時から、日葵や多映子と何度か来たことがある。

だが今、そんな思い出に浸っている暇はない。早く柴崎を確保しなければ一生、後悔することになる。

「川澄さん」

ライフプラザの方から、牧村が駆けてきた。

「どうだった？」

牧村はだめだと首を左右に振った。

「白井さんは確かにここの講座の受講生なんだが、今日はまだ来ていないらしい。もう講座は始まっているようだ」

奥さんの話では、気まぐれで映画を見に行ったり、適当に公園をふらふら歩いたりもしているらしい。くそ、これではどこを探せばいいのか全くわからない。

「どうする？　ここで見張ってるか」

「いや、講座が始まってから三十分も経つ。もう来ないんじゃないか。他を探した方がいい」

確かに牧村の言う通りだ。今は手分けした方がいい。

「向こうの交番に知り合いがいるんで、協力を求めてみる」

「わかった。俺も当たってみるよ」

川澄は近くの派出所に向かった。高校時代の後輩が地域課で働いているので、ある程度事情を話して協力してもらうことにした。

「白井さんなら、俺もわかります」

若い警官が口を開いた。

「よくここを通るんで、お疲れさんってたまに声かけてくれるんですよ。そういや今日も、それっぽい人は見かけましたよ」

「本当か」

「ライフプラザの前まで行ったかと思ったら、引き返していきました」

ここまで来たが、講座には参加しないで別の場所に向かったということらしい。しかしどこへ向かったのかはわからない。それでも今は一人でも人員が欲しい。後輩の警官は他にも声をかけてくれるそうだ。手分けして白井の行方を捜すことにした。

伏見駅に引き返すと、川澄は白井の自宅に電話を入れた。

「はい、白井です」

白井の妻が電話に出た。川澄は白井が講座に参加しないでどこかへ行ったことを伝え、もう一度、白井が行きそうな場所について訊ねた。だが色よい返事はない。

「緊急の用事なんですか」

「ええ、詳しくは言えませんが、今すぐにでも白井さんに連絡を取りたいんです。どうかご協力ください」

「ううん、そうねえ、映画とかかしら」

川澄は映画？　と繰り返した。

「鉄道映画で久しぶりに見たいのがあるって言っていたから。でも今日見に行っているかどうかはわからないわ」

映画か。今は手をこまねいているより、少しでも可能性のある方へ向かうしかない。川澄は地下鉄に乗り込み名古屋駅へと向かった。映画と言うだけではまったく特定できないが、その鉄道映画を上映していて、伏見から向かいやすい場所は名古屋駅近くのミッドランドスクエアシネマの可能性が高いという決め打ちだった。

やがて地下鉄は名古屋駅に着いた。

川澄は地下街を抜けてミッドランドスクエアへ向かった。中が透けたエレベーターを横目にエスカレーターで五階へ向かう。吹き抜けの天井からクマのサンタのイラストが描かれたウィンターセールの幟（のぼり）がかけられている。さっき白井の妻が話していた鉄道映画が今ちょうど上映中だ。これを見てから喫茶店にでも寄って、夕方帰るつもりかもしれない。

いるか、柴崎は……。

辺りを見渡した。しかし柴崎らしい大柄な老人の姿はない。だがここなら柴崎がやってきても見つけやすい。映画のチケットを買って中に乗り込んでもよかったが、上映中、暗い中で白井を探すのは困難だ。上映はもうすぐ終わる。少し待ってみようと思った。

出入り口の前で待つ間、牧村から電話があった。

「どうだ？　川澄さん、そっちは」

「今のところ、わからん」

とりあえず白井がいるかもしれないから、映画館にいると言う。牧村は苦しいなと返した。

「そんなことはわかっている。だが他にどうしろって言うんだ」

牧村から返事はなかった。山田の推理が当たっているという前提で、あまりにも低い可能性を追っている。こんなものが当たっていてたまるものかという思いがある。それでもこうして細い糸をたどるように必死で自分たちが追っているのは、その可能性を否定できないと感じているからだ。

「牧村、俺はこの可能性を追うぞ」

「ああ、だが川澄さん、無茶するなよ。白井さんは夕飯前にはいつも戻るようだし、それまで無事なら、後は守れるんだから」

「わかった。だったら駅周辺と自宅をガードしてくれ」

牧村の言う通りだ。万が一、山田の推理が正しかったとしても、柴崎が今日すぐに動くとは限らない。白井の居場所さえつかめれば、銃でも持っているわけではなかろうし、ガードすることはそう難しくない。

だがそれは柴崎もわかっていることかもしれない。日が経てば経つほど、捜査本部は柴崎の狙いに気づく可能性が高くなる。森下の事件で柴崎が犯人という情報が流れれば、白井も警戒して警察に助けを求めてくるかもしれない。柴崎が復讐の刃を白井にも向けようとしているなら、動くのは一刻も早い方がいい。

やがて映画が終わって客が一気に吐き出された。

白井は青山の通夜の時、一度だけ見かけた。身長は川澄より少し低いくらい。銀髪を後ろになでつけた老人だった。

いるか、この中に……。

年配の客が多い。川澄は目を凝らして客を観察していたが、女性の大声に振りかえった。何があった。思わずつられたが、人気若手俳優のファンの女性たちが、一般人をその俳優と間違えて黄色い声を上げただけだった。

その間に鉄道映画を見ていた客はどんどん吐き出されていった。しまった。もう白井も出て行ったか。

川澄は手すりからエスカレーターを見下ろした。ポケットに手を突っ込んで一人の男性が下りていく。色のついた眼鏡に銀髪を後ろになでつけた老人。白井か……川澄はエスカレーターに向かう。

目線の先、吹き抜けの一階には、黒い帽子をかぶった大柄な男が柱に隠れるように立っていた。

まさか……。

前に客がいたが、すみませんと言って強引に駆け下りた。すれ違いざま、太った中年女性が露骨に嫌な顔を向けてきた。

「白井さん！」

　声をかけるが、前の若い女性客たちが大声ではしゃいでいてかき消された。聞こえないようで銀髪の男は振り向くことはない。逆に下にいた大柄な黒い帽子の男は少し反応したように見えた。柴崎なのか。五階から一階。この距離ではわからない。だがもしそうならエスカレーターでは間に合わない。降りた時に刺されて終わる。

　くそが。川澄はエスカレーターの手すり部分にスケボーのように乗る。

「え？　ちょっと」

　後ろの声が聞こえた。躊躇(ちゅうちょ)している暇はない。川澄は声を上げつつ、上からつるされた巨大なバーゲンの幟に飛び移った。

　クマのサンタに抱き着く。その衝撃で幟は振り子のように揺れた。ぎしぎしと音がする。そのまま下に滑り降りた。ふとももが熱を帯びて焼けるようだ。だがこうする以外に方法はない。構うものか。

「白井さん！」

　もう一度、名前を叫ぶ。ようやく反応して銀髪の男はこちらを向いた。しかし向いたのは銀髪の男だけではない。その場にいた客たちは全員、呆気に取られてこちらを見ていた。

　スマホで何人かが川澄を撮影していた。ネットにアップされてしまい、また問題になるかもしれない。だがもう知るか。

その時、体重を支えていた金具が外れた。幟とともに川澄は落下した。幟に書かれたクマのサンタが絡みついてくる。悲鳴が起きる。声をかき消すように、地響きのような音とショーウィンドウのガラスにびりびりとした振動が伝わった。

肩に叫びたいほどの激痛が走った。柴崎を止めなければいけない。その思いで川澄は立ち上がる。だが顔を上げると、さっき見た黒い帽子の大柄な男が呆気に取られてこちらを見つめていた。

帽子の下からのぞいた顔は、柴崎とは似ても似つかぬ若いものだった。

別人だったか。エスカレーターで降りてきた銀髪の男もまだせいぜい五十歳くらいで、まったく白井とは似ていない。くそ、なんてことだ。

「ちょっとあなた。大丈夫ですか」

警備員が目を大きくして近づいてきた。

「ああ、ちょっと滑っただけだ」

「滑ったって、どう見ても……」

クマのサンタがクッションの役割を少しは果たしてくれたようだが、肩を脱臼してしまったようだ。高校時代に例の喧嘩で外されて以来、抜けやすくなっている。強引にはめると激痛が再び走った。

「少し事情を聞かせてくれますか」

面倒だが警備員に警察手帳を見せる。ある人物を追っていると小声で説明した。ようやく納得したようで、警備員は何も言わずに去っていった。

今になって痛みがぶり返してくる。まいったな。無駄に負傷しただけだ。こうしているうちに、白井は襲われるかもしれない。くそ、どうすればいい。

3

名古屋駅に戻った時、携帯に着信があった。

牧村からかと思ったが、表示は梶野になっている。こんな時に何だ。

「はい、川澄」

「事情は聞いたぞ。えらいことになっているようだな」

いくら何でも情報が早すぎる。どうやらエスカレーターからダイブしたことではないようだ。

「川澄、お前、白井さんを追っているんだろう」

「ああ、だがもうわからん」

「栄の喫茶店かもしれん」

「なに？　どうしてそう思う」

川澄の問いかけに、梶野は言葉につまった。

「……俺も柴さんのことは気になってるんだ」

梶野は事情を聞いてから、人づてに白井について最近の動向を調べてくれたらしい。そしてちょうどこのくらいの時間に、栄にあるブルーカプチーノという喫茶店に一人でいるところを、何度か目撃されているという。

「向かってみてくれ。俺も行く」

行ってみる以外にないようだ。強引にはめた肩が少しうずくが、地下鉄に乗り込んで栄に向かった。

途中で牧村にも連絡を入れた。向こうもまだ白井の情報は得られていないようだ。

「自宅にもまだ帰ってないですね」

栄の近くにいるなら先に向かってもらおうと思ったが、こちらの方が早く着きそうだ。梶野の情報などあてにはできないが、今はこのブルーカプチーノという喫茶店くらいしか白井が向かいそうな場所はない。

栄に着くと、クリスタル広場の方を目指した。

梶野が言っていたブルーカプチーノはクリスタル広場の近くだ。栄の地下街は外の寒さから逃れるように、客が多くいた。そんな中を川澄は早足で進んだ。

「ここか」

ブルーカプチーノという店はこじゃれた小さな店だった。地下街の通路に面してガラス張りの店内を外からうかがう。

あまり客は多くない。だが端の方の席に眼鏡をかけた銀髪の男がいた。今度こそ間違いない。白井哲史。通夜の時に確かに見た顔だ。やっと見つけた。

川澄は携帯を取り出す。電話した。

「牧村か、俺だ。白井さんを見つけた。どうすればいい？」

すぐに白井のもとへ向かって安全を確保するか。だが山田の推理が正しいなら、柴崎はこの近くに既にいるかもしれない。店から出てくるところを狙っている可能性もある。白井に近づくと、こちらの動きに気づかれてしまう。

「柴さんが本当に白井さんを狙っているのだとしたら、この機を逃さず、柴さんを確保すべきだ」

そうだな、と川澄も応じた。

「もちろん、白井さんの身柄は死んでも守るという前提だが」

「わかった。それまで俺が責任をもって見張っている」

「俺もすぐに行く」

通話を切ると、ブルーカプチーノの向かい側、柱の陰から様子をうかがった。

クリスタル広場は名古屋では待ち合わせ場所として有名なところだ。地下街の中央広場から七方向に道がのびていて、いくつも柱がある。厄介だな。隠れる場所が無数にあり、やってくる可能性は全方向。絞り切れない。

携帯に着信があった。牧村かと思ったが表示は山田になっていた。こんな時に……くそ、肩が痛い。ブルーカプチーノから目を外さないようにして、肩を押さえながらすぐに通話ボタンを押す。

「何だ？」

「さっきはすみませんでした」

会議でのことか。今さら何言ってやがるという感じだった。しかも仕事中だろう。

「ですがどうしても僕にはそう思えたので」

川澄はそうか、と応じた。今さら責めても仕方ない。実際、こいつの言う通りかもしれないのだ。

「お義父さん、どうして柴崎さんはあんな電話をしてきたと思いますか」

まるで答えを知っているかのような物言いだった。お前が生まれるころからこちらは柴崎と付き合いがあるのだ。教えてもらう筋合いはない。

「僕は止めて欲しいからだと思います」

「止める、だと」

「そうです。そうでなければあんな電話をする意味なんてないんです。柴崎さんは破滅の道を歩むと自分でもわかっているのに、自分では止められないんではないでしょうか。だから一番信頼しているお義父さんに連絡した」

理屈はわかる。自分のやることが不正義だと内心わかりつつ、それを認めずに突き進んでいくというのだろう。しかし柴崎のことをこいつはわかっていない。山田の言うことが正しいのか、三十年にも及ぶ自分の柴崎像が正しいのか。いいだろう見極めてやる。

「もういい」

切るぞと言って強引に通話を終わらせた。山田もこちらに向かうようだ。通話が終わるのを待っていたように、牧村がやって来た。

「知り合いの警官に来てもらった」

私服警官がもう何人か来ているようだ。

「すでにブルーカプチーノ内に二人、クリスタル広場と店の向こうに三人、配備した。柴さんが来たら捕らえられる」

「そうか、後は待つだけだな」

川澄もクリスタル広場の柱に隠れる。携帯をいじるふりをしながら、七方向に気を配った。山田の言うことより、三十年にわたる自分との付き合いの方を信じたいという気持ちは強いが、今はそんなことは言っていられない。

どこから来る？

猛る気持ちを抑えようとしても、興奮は抑えられない。それはそのままに任せて、一瞬の変化も見逃さないよう、目を皿のようにして気を配った。

五分、十分、十五分、三十分……時は流れていく。ブルーカプチーノ内にいる白井はコーヒーをちびちび飲みながら、文庫本を読んでいた。老後のささやかな楽しみの中、周囲の状況がここまでひっ迫しているとは思いもしないだろう。

一時間以上が過ぎ、捜査員の一人があくびをこらえているのが目に入った。さすがに緊張感を保ち続けるのが難しくなってきたようだ。犯罪行為があると確信して張り込んでいるわけではなく、これは強引な推理をもとにして最悪の事態を回避するためのものだ。川澄のように気を張っているならともかく、付き合わされている感のある地域課の連中は間延びするだろう。

携帯に牧村から連絡が入った。

「白井が店を出るようだ」

ようやくか。結局、柴崎は来なかった。しばらくしてブルーカプチーノから銀髪の白井の姿が見えた。

その時、小学生の団体が北側の改札へつながる道からやって来た。白井はゆっくりと歩き始める。

「返してよ、返して」

一人の子が帽子を取られたようで、大声を上げた。

「返せって言ってるのに」

取った少年は笑いながら柱の周りをくるくると回っている。

「こら、だめだよ」

引率している女性教師がその子供を叱っている。少年は舌を出していた。川澄も向かい側にいた警察官もそちらに一瞬、視線をとられる。白井もつられたように足を止めた。

その時、大きな影が音もなく動いていった。

影は柱から柱へ移動していく。向かい側にいた警官もブルーカプチーノ前にいた警官も虚を衝かれて気づいていない。だが川澄にはその大きな影がスローモーションのように人に隠れながら移動していく様子がとらえられた。

手には光る鋭いものが握られていた。

柴さん！　声は出なかった。代わりに川澄は柴崎の巨体めがけて横から思い切り突き当たった。柴崎は不意を衝かれてその場に倒れた。

眼鏡が吹っ飛び、ナイフが手から落ちて、近くの柱まで滑って止まった。川澄は肩を押さえながら、白井に向かって逃げろと叫んだ。

「早く逃げろ！」

私服警官が柴崎に飛びかかる。背後から羽交い絞めにしようとした。だが柴崎はそれを振りほどいて警官を突き飛ばした。警官二人より前に柴崎はナイフを拾った。白井の名前を叫びながら巨大な黒い塊となって白井に向かっていく。

白井は大きく目を開いてその場に立ち尽くしていた。

「あんただ。白井さん、あんたに逃げろと言ってるんだ」

川澄が叫ぶが、白井は動かない。柴崎はゆっくりと間合いを詰めた。

「白井さん、あんたのせいで曜子は死んだ。違うか」

柴崎の目は血走っていた。

「正直に言え！」

ナイフを向けられた白井はただ震えていた。あごがかすかに上下している。その通りだと認めているのだ。しかしその動きは小さすぎて柴崎は気づいていない。柴崎は興奮気味に同じ問いを繰り返した。

「柴さん、認めている！　白井はもう認めている」

川澄の呼びかけに、柴崎はこちらを振り向いた。

「川澄、お前……」

柴崎はつぶやいた。だがその手からナイフが落ちることはなかった。山田の推理は当たっていた。こうして白井を狙って姿を見せた。だが問答無用に刺し殺すのではない。まだ理性は残っている。白井に自分の罪を認めさせようとしている。まだだ。まだ最悪の悲劇は回避できる。

いつの間にかクリスタル広場は騒然となっていた。警官が近づかないよう誘導しているが、スマホで撮影している若者やサラリーマンがいた。

「武器を捨てろ！」

制服警官が二人やってきて銃を構えた。だが柴崎の眼光にひるんだのか、年配の方の制服警官は一歩、後ずさりした。

柴崎の眼光は鋭かった。

「お前に何がわかる……」

血走った目からは血があふれているようにさえ見えた。

しかしあふれているのは悲しみにも思えた。この人は撃たれて死ぬことなど全く恐れてはいない。それよりもただ、曜子の無念を晴らしたい。曜子を死に追いやった人間にそれ相応の罰を与えたいとしか思っていない。

年配の警官の方は柴崎を知っているのかひるんでいる。発砲する気配はない。しかし若い警官の方は顔を赤らめ、呼吸が荒い。引き金にかけた指が今にも引かれそうだ。危ない。

いつの間にか現場には見知った顔があった。梶野に榊、そして山田の顔も見える。誰もが何もできずにこちらを見つめている。

特殊班の到着など待ってはいられない。ましてやこの場で一番まともに柴崎と対峙（たいじ）できるのは自分だ。

俺がやらねば……川澄はそう思い、足を柴崎の方に向けた。

「柴さん、もういいだろ」

不思議と心は落ち着いていた。

誠心誠意をもって柴崎に向かおう。自分が理想とした刑事の鑑、柴崎佐千夫はもういない。ここにいるのは復讐心に支配されたただの殺人者だ。だがもしそうなら、その殺人者を少しでも楽にしてやろう。それがせめてもの恩返しだ。

「これ以上、三輪子さんを苦しめるな」

三輪子の名を出したのが効いたのか、柴崎は眉間にしわを寄せた。

だがその瞬間、クリスタル広場に銃声がこだました。

血しぶきが舞う。若い警官が発砲したのだ。銃弾は柴崎の右手に当たって、柴崎はナイフを取り落とした。

すぐに柴崎は拾おうとする。しかし牧村が飛び込んできてナイフを蹴り飛ばした。川澄は柴崎にとびかかった。確保したかったのではない。これ以上、銃弾をこの人に浴びせないで欲しかった。遅れて私服警官が柴崎に手錠をかけた。白井はようやく自分を取り戻したように立ち上がって、ズボンのほこりを払いのけた。

「柴さん、もういい」

川澄は泣きたい気分だった。子供をあやすようにもういいと繰り返した。柴崎はそれでも抵抗していたが、やがてふっと力が抜けた。

川澄はクリスタル広場で天井を見上げる。十五時二十二分。柴崎佐千夫は公務執行妨害と殺人未遂の現行犯で逮捕された。

第五章　完黙

1

久しぶりの睡眠は一瞬のようでいて長かった。

曇り空なのでわかりにくいが、すでに外は白んでいる。刑事部屋では榊や最上班の刑事たち数人がいまだに横になっていた。

悪夢はいつの間にか現実のものとなった。

柴崎が二人目を殺すという山田の読みは、見事に当たっていた。何かの間違いであって欲しいと願っていた復讐殺人が、現実のものとなったのだ。しかし森下殺しに使われた凶器の行方については不明だ。最上たちがさっそく取り調べに当たっているようだが、これと言って情報は出てこない。

だがもう実質的には事件は終わった。柴崎が曜子のために森下を殺したという事実はもう変わらない。クリスタル広場の一件は現行犯だし、どうすることもできない。支えていた糸がぷつんと切れる感覚だった。

自分の中に悔いがある。柴崎の苦悩を知りながら、救ってやれなかった。思いつめて復讐に走る前に気づいて止めることはできなかったのか。電話の時にもっと追及していればせめて早く捕まえてやれたんじゃないか。そんな後悔が束になって降ってくる。

廊下に出ると、谷口が充血した目でこちらにやって来た。

何か話があるようで、こっちへ来いと親指でいざなった。こっちが安眠をむさぼっている間に何か動きがあったのか。取り調べは夜間にはできないはずだ。まさか柴崎が首をつったというのではないだろうな。

逮捕された柴崎の取り調べは、彌冨署の刑事課強行犯係の係長であるこの谷口や、捜査一課係長の最上茂といった面々によって行われている。柴崎が逮捕されたことについては今頃、三輪子も病室のテレビのニュースで知っているかもしれない。

「川澄、こっちだ」

手招きされてうす暗い部屋に入ると、机の向こうに奥目の男が腰掛けていた。最上だった。

「そこに座れ」

言われた通り、ぼろいパイプ椅子に不貞腐(ふてくさ)れたように腰掛ける。最上は取り調べの練習でもするように、両肘をついて手を顔の前で組んだ。

「正直に言え。お前じゃないよな」

「はあ？」

　何のことかわからず、川澄は眉間にしわを寄せた。

　最上はきつい眼差しを投げかけてくる。川澄は助けを求めるように、最上の横に立っている谷口を見上げた。

「川澄、隠しごとはなしだ」

　思わせぶりに何を言っているんだ。心の中で何かが切れている。いら立ちを隠しきれずに思わず上司に対して舌打ちした。

「何のことですか？　係長」

　谷口は腕を組むと、鼻から息を吐いた。不満げな様子ではあるが、どこか安心した顔にも見える。

「はっきり言ってくださいよ。意味がわからない」

「森下竜馬のことだ」

　代わりに最上が答えた。

「柴さんに教えたのは誰だ」

　川澄は口を閉ざしたまま、じっと最上を見つめた。

「森下竜馬が曜子さんを殺した犯人かもしれないということは当時、警察内でも極秘情報だったはずだ。それを柴さんに教えたのは誰か。あれからずっと捜査本部ではその一点が問題になっている」

　確かにそれは不明だ。柴崎が自力で森下竜馬にたどりつけるはずがない。だから柴崎が犯人であるはずがない……その理屈を川澄も少し前までは心のよりどころにしてきた。だが今となればどうでもいいことだ。

「お前じゃないなら、はっきりそう言え」

　青山巡査部長の遺書を知る者は少ない。客観的に見るなら長年交流があってすべてを知る川澄が一番怪しい。そう考えても仕方ないだろう。

　だが冗談ではない。柴崎に教えてやりたいとは思ったが、それは気持ちの部分だけだ。こちらも警察官として守秘義務の重要性くらい心得ている。それに遺族会での一件を見ればあれだけの怒り苦しみを前に教えられるはずがない。

「俺じゃありません」

　その一言が聞きたかったとばかりに、谷口はゆっくり首を縦に振った。

「最上さん、川澄は信頼できますよ」

「それなら誰が漏らしたと思う？」

　最上は前のめりになった。

「そんなこと、俺にわかるはずないでしょう」

　詮索（せんさく）する気力もないが、専従捜査班のメンバーは真っ先に疑われるだろう。上層部の誰かが漏らす可能性もある。さらに推理するなら青山巡査部長の自殺現場にいた地域課で柴崎とつながりのある者か、鑑識の可能性もある。

あるいは白井哲史。

匿名で自分に不都合な部分を除いて伝え、うまいこと柴崎の感情を煽ればいい。白井なら邪魔な存在である森下を消そうと考えて不自然ではない。クリスタル広場の一件で白井も事情を聞かれたようだ。しかしわけがわからない、狙われる理由がないと言っているらしい。

「重要なことだ。川澄、お前も関係者をそれとなく探って欲しい」

そう言い残して、最上は部屋を出ていった。代わりに川澄は谷口を見上げる。情報を漏らした警官を探るなど、監察の仕事ではないか。

「係長、答えたんですから、俺の方の質問にも答えてください」

「ああ？　何だ」

「取り調べの状況ですよ」

このことだけがずっと気になっていた。

「柴さん、具体的にどんな感じなんですか」

「……完黙だ」

まったくしゃべらないと言うのか。この状況だ。仕方ないだろう。森下を殺し、クリスタル広場であれだけ派手に白井を追い詰めたのだ。どう言い逃れしても罪は罪だ。語る気力などなくなっているだろう。

「俺と最上さんが誰に森下のことを聞いたのかと質問しても、決して話さない」

「まあ、それはそうでしょう。仲間を売るようなもんですからね」

柴崎は森下の情報を聞いた人間について死んでも話さないだろう。それが柴崎だ。殺人犯になった今でも、変わらない。

谷口は片肘をついたまま、大きな顔を川澄に近づけた。

「川澄、お前が聞き出せ」

「はあ？」

「最上さんとさっき話したんだ。お前が適任だって」

川澄はふっと小さく笑って、ぽんと机をたたいた。

「えらく買いかぶられたもんですね。むしろ俺ではダメでしょう。柴さんと近すぎる。もっとドライな捜査員の方がいいかもしれませんよ」

「誰か候補でもいるのか」

候補としてふっと浮かんだ顔は、なぜか山田だった。すぐに打ち消す。本心では川澄がやろうと、誰がやろうと同じだと思っている。柴崎は絶対に情報源を明かすまい。

「もし聞き出せるならお前だけだろう。最上さんも言っていた」

「安っぽくおだてられたもんですね」

「まあ、本音を言うとだな、みんな柴さんが取り調べの相手だとやりづらいんだよ。俺も最上さんも捜査一課にいた時、あの人の班だったからな」

それを言うなら、こちらは刑事になる時、柴崎に推薦してもらった身だ。付き合いも長きにわたっている。もっとやりづらいではないか。

断ろうと思ったが、別の考えがふっと浮かんだ。もしこのまま送検されて裁判という流れになれば、柴崎とはもう話すことも困難になるだろう。それでいいのか。もう一人の自分がそうささやいていた。

川澄はしばらく答えることなく口を閉ざした。

「どうだ？　やってくれるか」

せっつかれて、川澄は長い息をゆっくりと吐きだした。

「わかりました」

「よし、頼んだぞ」

川澄の肩をぽんぽん叩いて、谷口はどこかへ小走りに向かっていった。

子供のころから、刑事ドラマが好きだった。特に取り調べシーンに夢中になっていた。悪いやつを追い詰めていく刑事って格好いい。事情があって黙秘をする容疑者の存在も面白かった。自分ならもっとうまく聞き出せるのに。刑事になりたい。単純だがそう思った。

だがこんな日が来るなんて思いもしなかった。

柴崎と話す機会が与えられて幸運と思う反面、プレッシャーもある。相手は柴さんだぞ、うまく話せるか。そんな思いにもなる。しかし罪は罪。手を抜くことだけはしない。取り調べでは徹底的に追い詰めて真実をあぶりだす。それが今、自分にできるせめてもの罪滅ぼしに思える。

廊下に出て、窓を開ける。湿度がいつもより高いようだ。確か午後から雨の予報だった。見上げると、真っ暗な雲が空をおおい尽くしていた。

2

朝の会議が終わり、髭(ひげ)をそってから念入りに顔を洗った。

川澄は一度、取調室に向かった。選んだのは、一番右隅の取調室だ。深い理由などないが、部屋の両側から声が聞こえるとやりにくくて仕方ない。だから空いていればたいていここを使っている。事務机があってパイプ椅子が置かれただけの殺風景な部屋。ここは昔ある意味、柴崎の主戦場だった。

「これから取り調べですね」

榊が声をかけてきた。外から見えないよう衝立を置いた。

「これでいいんですよね」

以前、警察の取り調べは時間制限がなくいつでも可能だった。だが現在は一日八時間までだ。とはいえこれでも諸外国からは長すぎると批判されている。面倒なことだ。

「柴崎さん、どうしてこんなことしちゃったんでしょうか」

「お前も柴さんのこと、知っているのか」

「いえ、噂だけですよ。あの人は俺が入る前に刑事、引退してますし」

ついこの間のような感覚だが、柴崎が引退したのはもう七年前だ。その時こいつはまだ高校生なのか。まあ、どうでもいいことだ。

「気持ちはすげえわかるし、できれば罪が軽くなればばって思いますけど」

「そうか」

「どうにかなりませんかねえ」

川澄はゆっくりと首を左右に振った。榊は若いからまだ情に流されてしまうのだろう。自分は罪を軽くしてやりたいとは思わない。いくら同情できる理由があろうが、柴崎がやったことは殺人だ。もう一人は殺人未遂。死んだのが一人とはいえ、社会的影響力の強さを考えれば死刑さえあり得るのではないか。元警察官の身でこんなことをしたのだし、重く罰せられるべきだ。

柴崎もきっと罪を軽くしてほしいなどとは露ほども思っていないだろう。三輪子への伝言は、今生の別れのつもりだったに違いない。柴崎は既に死んだ人間のようなものだ。何も恐れてはいまい。だがこのままでいいわけがない。

これから取調官として柴崎と対峙する。もう逃げるわけにはいかない。川澄は留置場に向かい、留置担当者に声をかけた。

寝ぼけ眼で四番という留置番号を割り振られた柴崎の巨体がゆっくりと姿を見せた。銃弾を受けた右手には包帯が巻かれている。

取調官が川澄だと気づき、柴崎は口元に笑みを浮かべた。手には手錠。腰ひもでつながれて移動する。

端の取調室に入ると、腰ひもがパイプ椅子に結び付けられ、手錠が解かれた。かつては入り口のドアは当然のように閉じられていたが、今では開けたままにしなければいけないという決まりだ。

川澄も着席すると、無言のまま柴崎を見つめた。髪がいつもよりくしゃくしゃで口が少し開いている。死んだ魚というのか、虚ろな目だ。眼鏡のフレームが歪んでいる。少し下がりぎみで、今にも鼻からずり落ちそうになっている。

「秋も深くなってきましたね。さっき灯油の販売の声が聞こえてきましたよ」

セオリー通り、何気ないセリフから入った。自分と柴崎の間に個人的な感情が入ってこないよう、丁寧すぎるくらいのしゃべり方で話しかけた。

「それでは取り調べを始めたいと思います。あなたには黙秘権があります。自分に不利になることについては言わなくとも構いません」

柴崎はこれまでの取り調べで、何度も黙秘権を告知してきたことだろう。こうやって逆に告知されると、どう感じるだろうか。そんな考えが浮かんだが、すぐに消えていった。

「すでに別の捜査員が聞いているかと思いますが、もう一度お聞かせください。当日の夜、あなたの行動をできる限り正確に教えてください」

初対面の人間のように問いかけた。

柴崎はすぐに答えることなく、少し青っぽくなったあごのあたりを、指で軽くなぞった。上目遣いに川澄の表情を追っているように感じる。柴崎は何を考えているのだろうか。だがそんなことに思いをはせても何も得るものはない。

「どうしました？　思い出せませんか」

時間がかかってもいいから正確に、と言うと柴崎はふっと息を漏らした。最上は経験豊かなベテランだ。その最上がいくら聞いても柴崎は何も答えなかった。今さら自分に何ができるというのだろう。そうも思ったが、質問を続けた。

「何をしていたんですか」

柴崎は鼻の頭を掻いた。完全黙秘。やはり同じだ。だが通常、黙秘されて困るのは犯人であるという証拠がない場合。あっても弱く、公判維持が困難な場合だ。今回はそうではない。犯行事実は明らかであって、クリスタル広場の一件などは公衆の面前で川澄自身が取り押さえた。黙秘することで有利になるような状況ではない。

「柴崎さん、どうして森下竜馬を殺したんですか」

問いかけると、柴崎は耳の穴に小指を突っ込んで苦笑いした。今さら何を言っていやがるとでも言いたげな表情だった。これ以上ない答えは既に遺族会で聞いている。だが今ここで問いかけないわけにはいかない。

犯行動機についてニュースや新聞などでは色々報道される。金が欲しかった。恨みがあったなどが大部分を占め、人を殺したかったから、死刑になりたかったからなんてのもある。動機を掘り下げていくと、様々な感情が複雑に絡み合っていて、実際にそのひとことで表現されている理由と一致することはあるのだろうか、といつも疑問に思う。だが今回ほど簡潔に一致することも珍しいだろう。

それでも川澄は聞きたかった。柴崎の真意を。あれだけ必死で犯人への怒り憎しみと戦っていた柴崎が、復讐に身をゆだねた理由を。柴崎ならその怒りを超えて、森下逮捕という道をどうして選べなかったのだろう。推し量るなら曜子の事件、森下が逮捕されてもまず死刑はなかった。一方、犯人を前にすれば殺してしまう、と遺族会で柴崎は言った。柴崎にとってもその感情は、乗り越えることのできない絶対的なものだったのだろうか。

「森下を殺した後、どうしてすぐに自首しなかったんですか」

これにも明確な答えがすでに出ている。直接殺した森下だけでなく、保身のために曜子の救いを無視し、死に追いやった白井が赦せなかったのだ。逃亡して潜伏した挙句、白井に凶刃を向けた。これ以上、聞くことがない。

「森下竜馬のことはどうやって知ったんですか」

きつく柴崎を見つめると、しばらく沈黙した。

こう答えてくるだろうという想定はある。自分で調べたという回答だ。もしそう答えるなら、徹底的に追及するつもりだ。

「もう一度聞きます。森下が曜子さんを殺したとなぜわかったんですか」

少し前のめりになって聞くと、柴崎は眠そうな顔で川澄を見つめた。

だが返ってきた答えは沈黙だった。きっと柴崎は言わないつもりなのだろう。柴崎に森下のことを教えたやつは、殺人の教唆犯に該当するかもしれない。形式的には主犯の柴崎と同じくらいの重罪だ。それでもある意味、柴崎にとっては恩人といえなくもない。そうか、だから黙秘しているのだ。

どうでもよさそうなことでもしゃべると、そこから捜査員は追及してくる。この取調室という捜査側に圧倒的有利な場において、わずかな隙でも見せてはいけないということをわかっているから完全黙秘を選択しているのだろう。取り調べを知り尽くしている者だからこその賢明な選択だ。

正直なところ、森下竜馬について誰が柴崎に教えたのかについては関心がない。もちろんその人間が柴崎に教えていなければこんなことにはならなかったわけで、何てことをしてくれたんだと怒りは収まらない。懲戒免職ものだろうし、場合によっては刑罰に問われるだろうが、今はそいつを追及することよりも、柴崎の心情をありのままに知りたかった。

川澄はしばらく口を閉ざし、じっと柴崎の目を見つめた。大きな顔に比べて、眼鏡の下に見える小さな目はいつもと変わらずに優しい。

「柴さん、教えてください」

自然と口調が変わった。柴崎の表情がかすかに動いたように見えた。

「知りたかったのは柴さん、あなたの気持ちです。どうして殺人という行為に至ってしまったのか。実はこないだ遺族会で見たんですよ、あなたの苦しみを」

柴崎は鼻から息を吐いた。恥ずかしいところを見られたなとでも言いたげだった。

「何言ってやがるって思うかもしれないですが、柴さん、あなたの気持ちは痛いほどに伝わってきました」

柴崎は眼鏡を中指で押し上げ、苦笑いした。

「せめて話してくれませんか」

川澄のひとことを最後に、取調室からしばらく言葉が消えた。

ダメだな、これは……自分の中に敗北感があった。取り調べとしてはまだ聞くべきところは残っているだろう。だがこんな状況でこれ以上、何を聞きだせばいいんだ。そんな心境だった。きっと最上も同じ心境だったのだろう。

それから川澄は本分に立ち戻って事件についてさらに詳しく、時間などでおかしい点がないように繰り返し訊ねていった。質問を変え、矛盾点をつぶしていくのだ。だが柴崎は全く語らなかった。

時間だけがむなしく過ぎていった。

「柴さん、最後にこれだけ聞かせてください」

川澄はもう一度、柴崎の目をじっと見つめた。

「森下を殺した今、どんな気分ですか」

捜査とは無関係な質問だった。だがこれだけは聞いておきたかったのだ。

柴崎は口を閉ざしたままだった。こんなところでも黙秘か。

やがて取り調べは終わった。

「柴さん、また聞かせてもらいますので」

そう言ったものの、既に質問は尽きていた。もっと何か聞くことがあったのではないか。柴崎が話したがっている何かがあったのではないか。何度も自分に問い直したが、何も思いつかなかった。

柴崎は大きな背を向けた。本当にこれでよかったのか。これで終わらせていいのか。そんな思いとは裏腹に、脱力感が全身を覆いつくしている。

柴崎を取り調べた今、初めてわかった。自分は悔しくてたまらなかったのだ。自分の中で三十年間、柴崎佐千夫はヒーローだった。それが壊れていくのがこらえようもなく悔しかったのだ。

川澄はこぶしを握ると、無言のまま、壁に一発叩きこむ。すりむけて血が出たのに、痛みは感じなかった。

3

無言で玄関の扉を開けた。

戻ってくると思わなかったのだろう。多映子が申し訳なさそうな顔を向けてきた。

「食べるものないけど」

「だろうな。いいよ、食う気はしない」

捜査本部が設置されてから、あまり自宅に帰ることがなかった。忙しいのもあるが記者連中が外で待ち構えている可能性があったからだ。もうその心配もいらない。

久しぶりに風呂につかった。不眠不休だったので、そのまま眠ってしまいそうになって慌てて顔を上げた。

風呂を出てビールのプルタブをひく。暗がりの中でテレビをつけると、柴崎のニュースがトップ項目で扱われていた。新聞も当たり前のように一面だ。

彌冨署に中継車が出ているようで、女性リポーターがマイクを握っている。テレビにぼろい柔道場とひび割れた警察署の壁が映し出されていた。これを見た心ある人たちが建て替えてくれればいいのだが、などとぼんやり考える。

隅っこの小さい画面で、アナウンサーが女性リポーターに語りかけた。

「それでは逮捕された柴崎容疑者は、犯行を認めているんでしょうか」

「完全に黙秘を続けているとのことです」

「柴崎容疑者は元刑事ですよね？　犯行動機についてはどうなんでしょう？」

女性リポーターはあえて少し間をあけてから答えた。

「はい。その点につきまして、まだ警察からは調査中であるという回答しかありません。ただ柴崎容疑者は、十五年前に娘の曜子さんを何者かに殺害されています。このことと何らかの関係があるのかについても調べているとのことです」

「わかりました。ありがとうございます」

ニュースを見るでもなく眺めた。当然のように新しい情報はない。すべて知っていることだった。こちらが知っているのに表に出ていない情報もある。青山の自殺や岡田光樹の目撃証言、森下が撮りためていた曜子の画像については発表されていない。

　川澄はスマホを取り出し、普段は見ないＳＮＳをチェックした。ツイッターやフェイスブックではこの話題で持ちきりで、検索ワードも復讐殺人、柴崎佐千夫、クリスタル広場、十五年前、森下竜馬など事件がらみが上位を席巻している。

「暗い中で見てないで電気つけたら」

　急に部屋が明るくなった。

「大変なことになったようね」

　川澄はそうだな、と生返事をした。

「電話でしかしゃべってないけど、日葵も相当ショック受けてるわよ」

「ああ、そういや着信がずらっと並んでたな」

　かけ直す元気がなくてそのままだった。

「ネットは柴さんに同情的みたいよ。あなたはもっと事情を知っているし、立場も違うから受け取り方も違うでしょうけど」

　川澄は黙ってうなずいた。

「疲れてるでしょ、とりあえず、早く寝た方がいいわ」

　多映子は大きなあくびをすると寝室に消えた。こういう時、妻が元警察官だとありがたい。こちらの事情をわかっているから余計なことは聞かないし、逆にこちらの知りたい世間の声をまとめて一方的に聞かせてくれるからだ。

柴崎を取り調べたが、得るものは何もなかった。

森下竜馬のことを誰に聞いたのかについて、柴崎は一言も話さなかった。そのこともすでに最上や谷口にも伝えてある。予想していたのかそれほど落胆されなかった。捜査本部からすれば、森下のことは自力で調べたと柴崎に言ってもらいたかったのではないか。

おそらくこの先、事件の詳細が外部に漏れるにつれ、その責任問題、柴崎がどうして森下のことを知りえたのかについて世間の注目が集まるだろう。捜査本部はマスコミに追及されても、情報源は不明で押し通すように思う。捜査本部からすればこの取り調べは、いかに柴崎を説得して警察内部の裏切り者をあぶりだすのかがすべてなのかもしれない。しかし最上も谷口も柴崎の性格をよく知っている。打つ手はないのだ。

同情的と言われるネットを見た。気持ちはわかるという書き込みが多い。元刑事という立場の者がこんなことをしたことへの批判、社会へ与える影響を危惧する声ももちろん多いが、それ以上に娘を殺された親の立場に感情移入している記述が目につく。自分が親なら殺してしまうだろう。警官である前に父親なのだという理屈だ。

川澄は柴崎の本当の気持ちが知りたかった。だから森下を殺した今、どう思っているのかと聞いた。その問いに答えはなかったが、決して満たされてなどいないのではないか。山田の言うように、本当は誰かに止めて欲しかったのではないか。止めることができたのは川澄だけだったかもしれない。それなのに何もできなかった。そんな後悔が今もある。

もう寝ようと思った時に携帯が鳴った。

こんな時間に誰だ。手に取ると表示は日葵だった。川澄は通話ボタンを押す。

「はい、もしもし」

どういうわけか声は聞こえてこなかった。

「おい、どうした」

「聞きたいことがあるの」

かけ直さないでおいたので怒っているのかと思ったが、落ち着いた声だった。

「お前も知ってるだろ。帳場が立ってしばらく眠ってなかったんだ。今日は久しぶりに帰ってきたんでな、長い話は……」

「本当に犯人は柴さんだったの？」

思わぬ問いに、川澄は言い淀んだ。

「ニュース見たよ。こっちでも柴さんの事件の話題ばかり。でもお父さんも柴さんが復讐殺人なんてすると本気で思ってるの？」

「日葵、お前」

「私は柴さんがそんなことするなんて思えない」

それはこっちも同じだ。しかし……。

「けどな、日葵……」

「もしもだよ、万が一そうだとしても、想像のつかないような事情があったんだよ。そうとしか思えない」

日葵は涙声になっていた。

「事情か。曜子ちゃんのことだろう」

「そうじゃなくて」

日葵は即答で否定した。

「私、知ってるんだから。柴さんがどんな思いで十五年も三輪子さんと一緒に遺族会に通っていたと思っているの？　憎しみに負けちゃいけない、前に進まなきゃってずっと頑張ってきたんだから。そのことをみんな知らないんだよ」

遺族会のことも知っていたのか。こちらが思っていた以上に日葵と柴崎のつながりは強かったようだ。そういえば日葵の結婚を教えた時、思ったほど柴崎は驚かなかった。もしかしたら、日葵にこっそり教えてもらっていたのかもしれない。

「柴さんはね、復讐心なんかに負ける人じゃないんだよ。どんなに苦しくったって理性を失って人を殺したりなんかしない」

日葵の言葉は論理的な根拠もなく、自分の感情をぶつけているだけだ。そんなんじゃ警察官は務まらない。それなのに川澄の心の底に不思議と響いてくる。その根拠のない理屈は自分もうすうす感じていたものだ。

だが日葵は知らない。遺族会での柴崎の慟哭を。クリスタル広場での鬼の形相を。あの柴崎を見ていないからこそそうやって言えるのだ。

「絶対に何か事情があるんだよ。お父さんは捜査本部にいるんでしょ？　組織の一員として勝手なことできないってことくらい理解できるし、個人的な感情だけじゃどうにもならないってわかってる。けど……」

川澄は日葵と小さくつぶやいた。

「このまま終わりにしたら、絶対に赦さないから」

一方的に通告して通話は切れた。

言いたいことだけをぶつけていっただけだ。いつものように「赦さない」が混じっていたのも日葵らしい。言葉は心に響いた。とはいえ柴崎にどんな事情があるというのだろう。わからない。

ぽつぽつという音が聞こえて、川澄はカーテンをめくった。

真っ暗な空から大粒の雨が落ちてきていた。

雨は朝になっても降りやまなかった。

川澄はまだうす暗いうちから彌冨署に向かった。柔道場の方から、華奢で若い女性がやって来た。沢木美織だ。彌冨署に何の用なのか知らないが、また朝礼でもしに来たわけではあるまい。

「ああ、川澄さん。おはようございます」

「どうしたんだ。そっちの仕事は終わったんじゃないのか」

「いえ、そのことでさっきまで捜査本部に行ってました。どうやら容疑者死亡の形で森下を送検することになりそうです」

「そうだろうな。まあ、こっちも終わりだが」

柴崎曜子の事件で森下竜馬の疑いは濃くなっていた。というより逮捕目前ともいえた。こういう場合、疑われた人間が死んでいても、送検されることがある。

本当なら、捜査本部は森下竜馬の容疑については公にしたくなかったはずだ。誰が柴崎に情報を漏らしたのかとマスコミに責められることになるからだ。だがクリスタル広場の一件を隠蔽するのは不可能だし、十五年前に曜子が殺されたという事実は消せない。岡田光樹の証言もあるので、やむを得ずというところだろう。

「本当に残念です。もっと早く森下を逮捕できていれば」

「仕方ない。あの状況でやれることはやったと思う」

自分に言い聞かせているようだと川澄は思った。

「そうでしょうか」

さすがに彼女が森下について柴崎に教えることはあるまい。そう思い川澄は情報を漏らした者の存在についてそれとなく聞いてみた。

「最上さんたちにも聞かれましたよ。専従捜査班内でも徹底してそのことについては話し合っていますし、うちの班から漏れたということはないと思います」

「そうか、すまんな」

「柴崎さんのこと、気になりますよね」

美織の問いに川澄は無言のまま、うなずく。

「凶器はまだ見つかっていないんですか」

「そのようだ」

「おかしいですよね。凶器が出てこないなんて」

取り調べでは一言も話さないので、どうして現場から凶器を持ち去ったのかも謎のままだ。彌冨署の面々はいまだに捜索しているが見つからない。

「おかしい点はそれだけじゃないんです。実は川澄さん、ずっとお話ししたいと思っていたことがあるんです」

美織の言葉に川澄は顔を上げた。

「私は柴崎さんから事件後、電話をもらっていました」

「電話？　そうなのか」

「川澄さんと岡田さんのところへ行って別れた後のことです」

思わぬ告白に川澄は思わず声を上げた。

「そのことを上にも報告したんですが、そのせいでだいぶ追及されました。私が柴崎さんに情報を漏らしたんじゃないのかと。ですが柴崎さんから連絡があったのは事件後、その時だけでしたし、私はそんなこと絶対にしていません」

自分だけでなく、他にも柴崎から連絡を受けていた人物がいたとは……。

「沢木さん、柴さんからの電話、どういう内容だったんだ？」

「それが血液についての質問だったんです」

血液という言葉を川澄は繰り返した。

「ええ、柴崎さんは森下を殺したことについては何も言ってませんでした。ただ血液のことについて聞かれたんです」

「血液……何て？」

「はい。血液が別人のものと鑑定される場合があるか。柴崎さんはそう聞いてきました」

何だその問いは？　確かに美織は科捜研にいた人間なので、こういうことに関しては詳しいだろう。しかし森下を殺した混乱の後、こんなこと聞く意味がどこにあるのだろう。まるで見当がつかない。

いや、果たしてそうか。頭に浮かんだのは発見されていない凶器のことだ。血液と凶器は切っても切れない関係だろう。だがそうするとこの問いはどう意味をもつのか。

問題は柴崎がこの質問で知りたがったことだ。森下の死の直後というタイミングでどうしてこんなことを聞く？　まるで意味不明だ。

「沢木さん、あなたはどう思う？　柴さんがこんな質問をしたことについて」

「私もずっと考えているんですが、まるでわかりません」

川澄にも見当がつかない。しかしあの状況で柴崎が意味のないことを訊ねるわけがない。

「それじゃあ、川澄さん、今日はありがとうございました。何かありましたら」

「ああ、連絡してくれ」

加害者が凶器を隠すこと自体はよくあることだ。自分の犯行を隠すためという明確な理由がある。しかし柴崎の場合、状況や動機から自分が疑われるのは誰の目にも明らかなのだから、凶器を隠す理由がない。考えられるなら、そこに付いているのが別人の血の場合。こう考える以外にあるだろうか。とはいえ仮にそうでも、美織への質問とはどこかポイントがずれているように思える。いったいあの公園で何があった？

柴崎は何かを隠しているのだろうか。この事件に何か裏があるのだろうか。川澄はそんな思いのまま、留置場へと足を向けた。

しゃべらなくなって、何日が経っただろう。

4

彌冨署の二階、南側に設置された留置場で、柴崎は味噌汁を飲んでいた。最後に家族みんなそろって食卓を囲んだのはいつだったろう。死んだ曜子と和可菜の顔が浮かび、二人の若い顔はやがて三輪子の年老いた顔に変わっていく。この身はどうなろうが構わないが、三輪子のことを思うと、身がちぎれそうだ。

やがて留置担当係の靴音が響いてきた。

これから取り調べだ。また辛気臭い顔が壁際に立っていた。川澄だ。柴崎は四番という留置番号の書かれたサンダルに視線を落とす。腰ひもで警官につながれて留置場を出た。

取り調べ中、雨音が聞こえた。秋の長雨というやつか。

ぼんやり見ると、壁にはいつの間にか赤い染みができていた。壁が白いからよく目立つ。同じ部屋だが前はこんなもの、あっただろうか。まあ、どうでもいい。

腰ひもをパイプ椅子に結び付けられながら、大きくあくびをした。

川澄は気にすることもなく、黙秘権の告知をした。毎回言わなくてはいけないので面倒なことだ。前回の取り調べでこちらが完黙で行くことをわかっているだろう。川澄はどう対応してくるのか。

「紅葉のいい季節になりましたが、今日はあいにくの雨ですね。ああ、そういえば前回取り調べをした時も降っていましたね」

柴崎は親指の爪で眉間を軽く掻いた。ああ、紅葉の時期か。ずっとここにいると、外の様子がよくわからない。朝晩はだいぶ冷え込むようになったな。三輪子は体調、大丈夫だろうか。

それから日常のどうでもよさそうな話が続いた。

「では質問します。事件当日の様子について聞かせてください」

川澄はしっかりとこちらの目を見ながら問いかけてきた。

「柴崎さん、あなたがひなた公園に到着したのは何時のことでしたか」

細かい質問を浴びせてきた。これくらい答えてやってもいいと一瞬思ったが、柴崎は口を閉ざしたままだった。

「もちろんわかる範囲で結構です」

ふうと息をつくと、柴崎は口を開いた。だが声は発しない。表情も変えない。

前の取り調べと同じように、時間だけがむなしく過ぎていく。

「あなたが公園にいる間、公園で誰かを見ましたか」

初めて出た質問に、柴崎は顎をつまんだまま、しばらく考え込んだ。いやそのふりをした。細かいことでも一度話せば、刑事は攻め込んでくる。何も話さないことが一番だ。

「もう一度、お聞きします。そこに誰かいませんでしたか」

黙秘というのは被疑者にとって最大の防御方法だ。

弁護士は逮捕された被疑者によく黙秘を勧める。憲法に保障された冤罪を防ぐという意味において有効な手段だし、かたくなに口を閉ざせば、基本的にどんな優秀な刑事であっても手の打ちようはない。

最上は柴崎が育てた優秀な捜査員だ。だがやつにしても、こちらが黙秘してしまえばどうしようもなかった。この川澄に至ってはまるでダメだ。感情が表に出過ぎる。最上は思い切った登用をしたようだが、残念ながら失敗だ。

「血液が別人のものと鑑定される場合があると思いますか」

不意打ち的な質問に、柴崎の心にさざ波が立った。

必死で無反応を装った。さざ波は波紋のように大きく広がっていく。それでもほんのかすかに指先が震えた程度だった。

この問いはまずかったな。

どうしても気になって沢木美織に余計なことを聞いてしまった。やはり口は禍の元だ。

だがこれだけではどうしようもあるまい。今、川澄は大きな失敗をした。この貴重な一手をさらしてしまったのだ。もうこちらに油断はない。

「これはあくまで私の推測ですが、森下を殺した殺人犯は他にいて、あなたは犯行現場を見ていただけだった。しかしそのことを何か事情があって黙っている。真相をこのまま、墓までもっていくと決意しているんではありませんか」

柴崎の手の小さな震えは止まっていた。そうか、こいつはいまだに柴崎佐千夫という人間を理想化しているんだ。だからこうやってしつこく聞いてくる。

「柴さん、本当のことをしゃべってください」

相手にすがるようではおしまいだな。もうあきらめろ。

それから何時間も過ぎた。

執拗（しつよう）に川澄は食らいついてきた。しかし柴崎は平然として口を開かなかった。そうしているうちにさらに時間が過ぎ、谷口が衝立の向こうからもうやめろとばかりに時計を見せた。いつの間にか制限時間が近い。

「お願いします！」

気持ちが高ぶってきたのか、川澄は声を荒げた。

「殺してやりたい。本当によくわかりますよ。でもね柴さん、あんたならどんな極限状況でも逮捕という道を選択して欲しかった。あんたは刑事の鑑だって思っていた。いや違う。今もそう思っているんだ！」

立ち上がった川澄に、柴崎はため息をついた。

以前教えてやったことがある。昭和時代の取り調べならともかく、声を荒げるというのは犬が吠えるのと同じ。敗北宣言なのだと。被疑者に手を出したり、ものを蹴ったり叩いたりするのはもってのほかだと。どうやらこいつは忘れてしまったようだ。

「柴さん、どうか真実を話してください」

川澄は頭を事務机にこすりつけながら、奥歯を思い切り嚙み締めていた。両方のこぶしで机を叩いた。

これでは取り調べになっていない。川澄も自分でわかっているのだろう。

見かねたように、谷口が入ってきた。

「おい、もうやめろ」

無理やり引きはがされるように取り調べは終わった。

稚拙な取り調べだったが、気持ちは十分伝わっている。だがすまんな、川澄……しゃべることはできないんだ。柴崎はそう心の中でつぶやいた。

連れていかれる時、柴崎は窓の外を見上げる。

雨はいつの間にか土砂降りになっていた。

第六章　血痕

1

その日の聴取は、昼過ぎから始まった。

連れられてきたのは、四十代の痩せた男だった。地下鉄の構内で女性の胸ぐらをつかんで大声を上げたところを、駅の職員が目撃して通報されたらしい。

「俺はやってない」

目撃者も何人かいるようだし、そんな主張が通ると思っているのか。川澄はあきれたように事務机をモールス信号のように叩いた。

「暴行してないっていうんですか」

「そっちじゃない。痴漢だよ。あの女が言うことを信じるのか？　やっていないって俺がいくら言ってもしつこく付きまとってきたのはあの女だ。いくら違うって言っても追いかけて来るんで、いい加減にしろやって怒鳴っただけだ」

この被疑者と相手の女性は痴漢行為があったかどうかでもめていたようだ。明日は我が身という気もしてつい痴漢冤罪を訴える男性側に味方したくなる気もするが、監視カメラ映像でもない限り真実はわからない。結局は水掛け論だ。

「どんな事情があろうが、あなたがその女性の胸ぐらをつかんですごんだのは事実でしょう？　それが許されることだと思いますか」

被疑者はふうとため息をつくと、頭の後ろで手を組んだ。

「こんな狭いところで取り調べとか、普通あり得ないんだよな。弁護士もつかないとか先進国のやることじゃない。自白しやすい環境を作ってるんだ。我田引水っていうか、ボクシングの判定とかで開催地の選手が有利になるホームタウンディシジョンってのがあるだろ？　あのひどいやつだわ。目に見えない圧力が働いてるんだし」

どこで覚えたのか、被疑者は日本の取り調べの在り方について批判し始めた。その後は警察批判を繰り返すばかりで、自分の事件についてはひたすら黙秘を続けた。なんて反省のないやつなんだ。いいかげんにしろと怒鳴りたくなった。

だが柴崎から教わった。どんな相手でも分け隔てなく誠実に接するべきだと。一時の感情に流されれば、結局真実への道は遠ざかっていくのだと。

粘り強く被疑者から事情を聞き、やがて取り調べは終わった。

どっと疲れただけでほとんど得るものがないまま、身柄を留置係員へと引き継いだ。

また面倒なことが増えた。最近、よく目がかすんで調書を書くことが以前にも増して苦痛になっている。事務仕事ばかりが増えていく。

川澄は取調室から出る前に、壁にある小さな染みを見つめた。

「もう一か月か」

この染みは川澄の血だ。柴崎を取り調べたあと、やり場のない感情を抑えきれずに壁にぶつけてしまった。こぶしの傷はきれいに治っているが、染みは残っている。あれからもう一か月が経つ。

元刑事による復讐殺人は日本中を震撼させた。

捜査本部は解散し、柴崎は既に殺人罪で起訴されている。川澄の執拗な取り調べは柴崎の完全黙秘により意味をなさず、柴崎は裁判員裁判を待つ身だ。

柴崎は警官の本分を逸脱した刑事と叩かれる一方、それ以上に娘の仇を討った父親として同情の目で見られている。警察上層部は柴崎に森下の情報を漏らした内部の人間を突き止めたかったようだが、いまだわかっていない。

取り調べでの柴崎は何かを隠しているように思えた。凶器が見つからないままなのと、黙秘を続けているからだけではない。柴崎のことを長く知っているからこそわかる直観のようなものだ。

しかしこんな根拠のない直観ではどうしようもない。おかしいと思いつつも、だったら真実はどうなのかと問われれば答えられない。

ただ鍵はなくはない。柴崎が美織に聞いた質問だ。血液の鑑定が間違う場合があるかと柴崎は聞いたそうだ。あれはなぜだ？　しかも森下を殺した直後のタイミングで……その問いにこそ、何か答えがあるのではないか。ずっとそう思っているが、わからない。ずっと鬱屈としたものが、この壁の染みのように消えないのだ。

面倒な取り調べをしたご褒美か、その日の当直は遺体との出会いがなかった。自宅に戻って横になり、気のすむ限り惰眠をむさぼる。そのつもりだったが、四時間ほどしか眠れなかった。

「早いわね。今日はゆっくり寝てていいのに」

目をこすりながら台所に行くと、多映子がコーヒーを淹れていた。

「あまり眠れなくてな」

本当だったら今日は山田が家に来る予定だった。しかし日葵が体調不良ということで中止にすると連絡してきた。

「日葵はあれから、ずっと元気ないのか」

「ええ、心配よね。大丈夫だって言うんだけど、今日の山田さんの予定、延期するくらいだものね」

多映子は深いため息をついた。

まだ。

「今度、寮まで様子を見に行ってくるわ」

日葵と電話で話したことをもう一度、直接話したいと思っているが、機会が作れないまま。

「予定が空いたし、今からちょっと出かけてくる」

トーストにあんこを塗り付けてコーヒーで流し込んだ。

「母さん、病院の見舞いって何がいいかな」

「そうねえ、口当たりのいいゼリーとかかしらね。あれ、お父さん、ひょっとして三輪子さんのところへ行くつもり？　今日も仕事がらみだと思ってたわ」

半分仕事がらみだったので、心にちくりととげが刺さった。

「お見舞いなら私も一緒に行くわ。柴さんがああなってから、ずっと三輪子さんのこと、心配だったの」

多映子は半ば強引についてきた。ガレージの前にはいつの間にか犬小屋が建っている。白い犬がいて、どこか控えめにしっぽを振っていた。

柴崎の飼っていたマロを正式に引き取ることになったのだ。多映子はマロを撫でてやってから助手席に乗り込んだ。

「三輪子さん、本当につらいでしょうね」

川澄はああと生返事した

すでに捜査本部は解散している。だが納得がいかない。柴崎に情報を漏らしたのは誰だったのか。謎が多すぎる。柴崎が美織にした質問の目的は何だったのか。完全黙秘もおかしい。凶器も見つかっていない。そして、マウンテンパーカーの男の正体もわからないままだ。

柴崎というこれ以上疑いようのない犯人がいるからストップしたが、事件当時、マウンテンパーカーの男は森下竜馬宅を観察していたのだ。事件と絡んでいないと考える方が不自然だ。

時間が経てば経つほど、真実は見えなくなってしまう。柴崎は何かを隠している。それが何なのか、それだけが知りたい。

病院の駐車場に車を停めた。

ここに来るのはあの時以来だ。そんなことを振り返りつつ川澄は多映子と三輪子の病室を訪れた。

点滴のチューブがつながれているが、三輪子は起きていた。

「失礼します」

「ああ、川澄さん、多映子さんまで」

思ったよりも、明るい声だった。川澄はこの前は手ぶらで失礼しましたと、買ってきたフルーツゼリーを渡すと喜んでくれた。多映子は体調について訊ねた。小康状態らしいが、しばらくは入院が必要なようだ。

「ありがとうございます。マロまで引き取ってくださって。すみません」

「この人は仕事ばかりで。私、いつも一人だから、ワンちゃんがいると楽しいです」

「わかるわ。うちもそうだったもの」

三輪子と多映子、二人は目を合わせてくすりと笑った。

「あの、柴さんに面会されたいなら、いつでも手配しますので」

柴崎の身柄はいまだに彌冨署の留置場だ。病院の外出許可が出たら面会手続きはできる。

しかし三輪子は首を横に振った。

「あの人も最後のつもりだったと思うわ」

そう言われてしまうと、返す言葉がなかった。

今、自分には疑心が生じている。復讐殺人として完結したが、謎が多すぎる。柴崎が何かを隠しているのは間違いない。

とはいえそんな状況を知らせてしまえば、三輪子に不確かな希望を与えることになってしまいかねない。

「それより三輪子さん、あれから大丈夫でしたか」

多映子が訊ねた。

「そうねえ、ようやく最近、静かになったわ」

事情を聴きに来たのは警察だけではあるまい。夫が復讐殺人をしたのだ。マスコミが放っておくはずがない。病院内とはいえ落ち着かなかっただろう。

「お体が悪いのに本当に大変でしたね」

多映子が気遣った。川澄は正直なところ、三輪子のお見舞いももちろんだが柴崎のことを訊ねたいと思ってここに来た。三輪子に質問することで心身に負担をかけてしまうのではないか。その思いがあってためらわれたが、三輪子は思ったより調子はよさそうに見える。

「負担をかけるようですみません。お話しできないことがあれば無理になさらなくて構いませんので、少しだけ質問させてくださいませんか」

「え、ちょっと、お父さん」

「この前、柴さんを取り調べました。柴さんはこの事件、本当のことをしゃべっていない。何かを隠している。私は正直、そういう気がしています」

思い切って踏み込んだ。しかし三輪子は窓の外に視線をやってしばらく遠くを見つめていた。川澄がもう一度口を開こうとした時、三輪子は無表情なままそうでしたかとつぶやいた。もっとこちらの事情を突っ込んで聞いてくるかと思ったが、乗ってくる様子はない。川澄はそれ以上は言うことができず、話がそのまま途切れた。

「少し前の話をしていいかしら」

川澄は多映子と顔を合わせた。

「ええ、もちろん、それは……」

「あの人と私って実はいとこ同士なのよ。小さい時から仲良くって、そのまま結婚しちゃったの。あの人は昔から優しい人だったわ」

それは柴崎から聞いたことがあった。二人は県境にある小さな村の出身らしい。今は大きな市に合併されてしまって、住む人もほとんどいなくなってしまったようだ。

「面倒見もよかったし、親分肌っていうのかしら。いじめっ子がいたら絶対に許さない。正義感が強くて自分が不利になろうがかまわず、強い子に向かっていった。いつも弱い子の味方だった」

三輪子は遠い昔の話をした。還暦を過ぎて死が目前に迫る女性なのに、まるで少女が内緒話を打ちあけるように、三輪子は微笑んだ。川澄は聞きながら、大人になってからの柴崎もその通りだと思った。柴崎なら誰かのために盾になることもいとわない。

「でも川澄さん、森下という人を殺したのはきっとあの人ですよ」

あっさりと三輪子は答えた。川澄は無言で三輪子の方を向いた。

「……でも柴さんが復讐殺人をするなんて、どうしても思えません」

「ありがとう、川澄さん。あの人のこと、そう言ってもらえるだけでもすごくうれしい」

三輪子の声は最後の方、震えていた。声だけではなく、手が足が小刻みに震えていた。

「今までそんなこと、誰も言ってくれなかったわ。知り合いも警察の人もマスコミの人も殺人犯の妻への同情とかののしりとか、そんなことばかり」

「三輪子さん」

多映子が声をかけると、三輪子は両手を顔に当てた。

「あの人がこんなことをしたのは、私のせいです」

川澄は小さく、えっと漏らした。どういう意味かと思ったが、訊ねる間もなく三輪子の頰を大粒の涙が伝った。シーツにぽたぽたと落ちていく。私のせいという言葉が繰り返された。

「本当はあの人の方がつらい気持ちを内にため込んでいたのかもしれない。苦しいのに無理して平気なふりをし続けてきた。私が憎しみを口にしなくなったから自分もがまんしなければって、感情をはき出せずにずっとこらえてきたのかも……」

堰(せき)を切ったように三輪子は話し始める。その様子はまるで遺族会で柴崎が見せた感情の爆発と同じだった。

途中で三輪子は咳きこんだ。無理しないでくださいと川澄がなだめるが、どうしても話したいと三輪子はさらに言葉をつづけた。

「もし曜子のために復讐なんてしたのなら、私はなんてことをしてしまったの……。私はあの人と二人で残りの人生を静かに暮らしたかった。ただそれだけなのに……」

むせび泣く三輪子の背中を、多映子は一緒に泣きながら必死でさすった。

川澄は罪悪感にとらわれていた。前に来た時も三輪子の気丈さに驚いたが、平気なわけがなかった。

「お父さん、私、もうしばらくここにいるから」

多映子は震える三輪子の手を握っていた。川澄はすまんと言って病室を後にした。

外に出ると、風が刺さるように冷たかった。

2

何も進まないまま、日々は過ぎていった。

柴崎の事件が嘘のように日常が戻ってきている。頭にあるのはこの前の、三輪子の元への訪問だ。苦みだけが残った。彼女は森下を殺したのは柴崎であると疑っていなかった。自分のせいでこうなったと呵責（かしゃく）に苦しんでいた。

それでも柴崎は何かを隠している。何かあるのだ。自分が見えていない何かが。このまま終わらせることなど、どうしてもできない。

あれから森下の勤務していた工場へ赴き、事情を聞いた。だが無駄足。森下を恨んでいた人物やトラブルに関しては、捜査本部ができた際に他の班が徹底的に聞きこんでいる。

新たに得られるものはこれと言ってなかった。

「川澄さん、気持ちはわかりますが、それはありませんよ」

「そうか、ありがとう。わかった」

携帯をしまうと、ため息をつく。事件直前まで森下に盗撮されていた女性についても、担当していた女性警察官に聞いてみた。しかしこちらも空振り。彼女は森下を恨むどころか、盗撮されている事実さえ気づいていなかった。

その日、彌冨署の管轄区域で不審火が発生、川澄は榊とともに現場に向かった。

「放火でしょうこれは」

通報主は興奮していたが、調べていくと、猫除けのペットボトルがレンズ代わりになって発火したことが判明した。

「こんなことあるんですね。理科でやった虫メガネの実験を思い出しましたよ。なんか貴重な体験です」

そんな体験、邪魔くさいだけだと川澄は思った。推理もののドラマやマンガなら探偵が意外な真相を暴いて一件落着なのだろうが、現実ではそんなに簡単にはすまない。本当に原因はそれだったのか、と慎重に確認していく面倒な裏付け捜査が待っている。万が一にも放火事件だったということになれば、責任を問われかねない。

それにしても捜査本部が解散された事件を、個人で追うなど困難なものだ。大っぴらにやっては見つかってしまう。一方で日常業務の煩雑さだけは変わらないわけで拘束時間は長く、自由な時間もない。刑事の個々の能力などしれたもの。警察という巨大権力があってこその捜査であると実感できる。

そんな中でも川澄はわずかな自由時間を使って、こっそりと調べていた。黒いマウンテンパーカーの男は誰なのか。あの時目撃したマンション住人にもう一度訊ねるが、やはり顔までは覚えていなかった。写真を見ればわかるかもと言っていたが、めぼしい候補もいない。ただし体格からして柴崎でないのは確かではある。

山崎川の河川敷では、凶器の捜索活動が続いていた。

柴崎が犯行に使った凶器はいまだに見つからない。逮捕直後に比べ、人員は大幅に削減された。柴崎の犯行は明白であるとはいえ、絶対的な物証はどうしても見つけておきたい。捜査本部にも顔を出していた担当検事は野心家の若造らしく、無罪にされることでもあれば人生は終わりだとばかりにしつこく連絡をしてくる。だが必死の捜索にもかかわらず、凶器は見つからないままだ。

仕事に一区切りをつけた川澄は車に乗っていた。

自宅に戻らず日進市を目指して進む。

向かう先はアメニティスクエアだった。森下竜馬が殺される前に、ここで遺族会の様子をこっそりうかがった。ここで見た柴崎は、川澄の知らない柴崎だった。加害者への激しい憎悪を燃やす柴崎に圧倒されていた。ここになら柴崎の本音が残っているかもしれない。そんな思いから再びやってきた。

車を停めると、事務局に行って話を聞くことにした。

時間も遅く、人はほとんどいなかったが、見覚えのある女性の顔があった。遺族会で司会役を務めていた品のよさそうな婦人だ。六十歳前後だろう。髪を上の方でお団子にし、首にスカーフを巻いている。昔見たアニメのスプーンおばさんに似ていた。

「少しお聞きしたいのですが、いいですか」

会釈をして川澄が声をかけると、スカーフの女性は瞬きをした。

「どうされました？」

「ああ、どういいますか」

どこまで身分を明かすべきか少し悩んだ。

「柴崎さんの友人です」

「ああ、刑事さんですか」

言い当てられてはっとしたが、柴崎の友人ならそうなのかと思ったらしい。

「そうですがこれは捜査ではありません。ただ個人的に確かめたいことがありましてね。三十年来の付き合いだった柴さんがどうしてこんなことになってしまったのか、どうしても知りたかったので」

　個人的な思いで来たと説明した。さらにあの遺族会の日、思いがけずにその様子を見てしまったとわびた。

「そうでしたか」

「ショックでした。ずっと近くであの人と接してきたのに、柴さんが今でもあんなに怒りを抱えて生きていたって気づかなかった。ただそれ以上にショックなことが後で待っていましたけどね」

　スカーフの女性は何度かうなずいた。柴崎の事件後、遺族会は開催されていない。会の他の参加者もショックを受けたのと、マスコミが押しかけたからだそうだ。

「私たちが、止められなかったんです」

　スカーフの女性は悲しげに視線を床に落とした。

「何のための遺族会だったのかって。柴崎さんの苦しみを知っていたのに何の役にも立てなかった」

　それを言うなら、自分はその苦しみにさえ気づけなかった。最近は警察でも被害者支援が講じられているが、まだまだ十分とは言えない。多くの警察官は犯人を逮捕して罰を与えることが被害者のためだとの思いで日々、働いている。だが被害者にとっては犯人が逮捕され、罰が与えられようとそれで終わりではない。一生続く苦しみが待っているのだ。

警察ができることは、ほんのわずかなサポートに過ぎない。

「被害者の方が加害者を憎むことは、悪いことでしょうか」

川澄は問いかけてみた。

「わかりません」

スカーフの女性は短く答えた。

「ただ被害者の方にとって、加害者を憎むという感情はあって当然のものだと思います。憎しみだけでなく悲しさや悔しさ……沸き起こる感情にふたをしないで、それを人に聞いてもらったり、同じ体験をした人と分かち合ったりすることが、心の回復にとって大切なことだと思います」

「柴さんが復讐のために森下を殺したと思われますか」

刑事がこんなことを聞くとは意外だったようで、スカーフの女性は目を瞬かせた。

「正直、そうは思えないんですよね。確かに柴崎さんは激しい怒りを持っていました。目の前に犯人がいたら殺しますとまで言っていました。そう言われる方は多いです。でもそう言葉にするのと実際に行動に移してしまうのはまた別物です」

「別物？　そうですかね」

「殺したいというのは、殺してやりたいくらい自分は苦しんでいるんだっていうこと。血の涙を流している心をわかってもらいたいだけなのだと私は思うんです」

そんなものだろうか。だが自分は当人ではないし、正直、わからない。

「川澄さんはあの日の遺族会、最後までおられたのですか」

「いえ、柴さんが泣き崩れていくところで帰りました」

つらくてあれ以上、見ていることはできなかった。

「柴崎さんはあの遺族会で、あの後、こんなことをおっしゃってました。憎しみで人を殺してはいけない。そいつがどんな悪だろうが、それは変わらない。もっともそう理性ではわかっていても、そういう状況になれば理性は吹っ飛ぶ。だから望むことは一つだけだ。加害者を前にした時、どうかそばに凶器を置かないで欲しい、と」

柴崎の思いが伝わってくるようだった。確かに柴崎ならそう言うかもしれない。そして恐れた通りになってしまったのか。あるいは誰かが森下のことを教え、そうさせてしまったのだろうか。

だが今はそんなことを言い立てている場合ではない。知りたいのはこの事件の裏に何が隠れているのかだ。

何気なく置かれたパンフレットに視線をやった時、川澄の視線は固定された。その表紙に聞いたことのある名前があったからだ。

木野瀬吾郎（ごろう）。どうしてこの名前に引っかかったのだろう。少し前にどこかで聞いた。いや正確にはこの姓名ではなかったが、苗字に聞き覚えがあった。

「川澄さん、どうかされましたか」

「いえ、その木野瀬吾郎という方はどなたですか」

スカーフの女性はああとパンフレットを手にした。

「多治見の方で飲酒運転事故撲滅の活動をされていた方ですよ。ご存知なんですか」

「いえ」

「どうぞ。自動車事故被害者の方の自助グループでお渡ししているものです」

手渡されたパンフレットをよく見ると、飲酒運転を撲滅するためにと表紙に書かれていた。イラストのクマやウサギが手をつないで踊っているが、中に書かれていることは被害体験をもとにした深刻なものだ。その中で木野瀬吾郎も文章を寄せている。


——私の娘、真知子は飲酒運転の車にはねられて帰らぬ人となりました。この命より大切な娘が死んだなど信じられない。私は怒りのあまり気が狂いそうになっていました。この身を犠牲にしてでもこんなことをした男に復讐してやりたい。その一心でした。眠れない日々が続いて体調を崩してしまい、危ないところでした。遺族会の方に誘ってもらわなければ、そのまま死んでいたでしょう。それからはこうして、飲酒運転事故の厳罰化を求める運動に参加しております。

真知子はまだ二十八歳でこの世を去りました。真知子には子供がいました。離婚して母子家庭でしたが、一人で必死に子供を育てていました。この子をちゃんと育てなければ。その一心で夜も昼もなく働いてきたのです。それなのに真知子はその子の目の前で車にひかれました。状況からして真知子にはまったく落ち度はありません。どうしてあの子は死ななければいけなかったのでしょうか。

私は人を殺した者は死刑にして欲しいと思っています。死刑になりたくなければ殺さなければいい。人の命を大切に思うからこそ、強く罰しなければいけない。これが愛する娘を失った私の偽らざる気持ちです。

木野瀬吾郎

この上なく強い怒りがそこにあった。

木野瀬の言葉は川澄の心を貫いた。痛いくらいだ。そして同時にこの木野瀬吾郎という人物のことがわかった。森下竜馬が過去に起こした飲酒運転事故で亡くなった木野瀬真知子の父親だ。

こんなところで森下につながるとは……。木野瀬はできる限り思いを抑えているが、その深い悲しみと怒りが今にも爆発しそうな文章だった。

「この方は今も多治見に住んでいらっしゃるんですか」

川澄が問いかけると、スカーフの女性は首を傾げた。

「たぶんそうだと思いますけど、最近お会いしてないので」

「そうですか」

電話番号はわからないそうだが、住所を教えてくれた。多治見は県外になるが、距離的にはそうはかからない。十分行ける距離だ。

「それではありがとうございました」

「いえ、何か力になれることがあれば言ってください」

パンフレットを手にアメニティスクエアを出る。少し寒い風が頬を撫でた。

ハンドルを握りつつ、川澄は木野瀬のことを思い出した。同時に柴崎との関連性を思わずにはいられない。木野瀬と柴崎は森下に娘を殺された。二人とも森下を殺してやりたいくらい憎んでいる。

その時、ふと森下が殺された現場にいたマウンテンパーカーの男のことが浮かんだ。

森下が犯した飲酒運転事故と殺人事件、態様こそ異なるが同じ犯人に愛する者を奪われた被害者遺族同士。柴崎と木野瀬、二人にはつながりがあったかもしれない。そう思うのは考えすぎだろうか。

3

刑事部屋に戻って事務机に向かった。

火事についての報告書を作成していると、肩がゴリゴリと鳴ってどうしようもなくなった。仕方なく少し休んでコーヒーを飲む。事務仕事が年々、苦痛になっていく。

先日知った木野瀬吾郎という人物のことがずっと気になっている。

ただ森下に愛する者を奪われたというつながりがあっても、それだけでは何も見えない。

次に思い起こすのは柴崎が沢木美織にした電話の質問のことだ。事件の直後、柴崎は聞いている。血液が別人のものと鑑定される場合があるか？　質問は確かこうだった。

川澄は休憩しながら、美織に電話した。

「はい沢木です」

「川澄だが、今いいか」

木野瀬のことはまだ黙っておいた方がいい。それより何か新しくわかったことはないだろうか。

「それでどうなんだ？　柴さんの質問の答えは？　まだ聞いてなかったから気になってな」

「ああ、そのことですね」

問いかけると美織は面倒くさがる風でもなく答えてくれた。

「血液の鑑定が間違うことですか？　ありえますよ。採取方法やサンプルの間違い、人為的なミスはどこまで技術が進歩しても付きまといますから」

「そういう人為的ミスがないとして、鑑定自体が間違う場合は？」

「ＤＮＡ型鑑定ができたばかりのころならありますね」

美織は即答した。

「足利事件ってご存知ですよね」

川澄はああと答えた。有名な冤罪事件だ。

「あの当時は無理やり導入した感じだったので、鑑定に間違いが多かったようです。ですが二〇〇三年にＳＴＲ型検査法になってからは間違いは一例もないはずです」

美織は現在、科捜研などで実施されているＳＴＲ型検査法について説明を始めた。専門用語が羅列されてうっとうしかったので、もういいよとばかりに川澄は遮った。

「要するに今、科捜研が使ってるＳＴＲ型検査法とかいうのは信頼していいってことだな。間違えることはないって」

「はい……ですが」

美織はしばらく言い淀んだ。

「どうした？」

「ＳＴＲ型検査法でも、九座位で鑑定している場合なら百パーセントないとは言い切れません」

「九座位？」

さっぱりなじみのない単語が出て聞き返した。

「ええ、座位というのは染色体上の遺伝子の場所のことです。それが九つだから九座位。正確にはアメロゲニン座位の型も検出しますが……」

「それはいいが、どうして間違えるんだ？」

「よくＤＮＡが一致する確率は何千万分の一とか、何兆分の一とかといいますよね。でもそれは母体となる集団によって異なるんです。あまり知られてないんですが、ＤＮＡ型鑑定に都道府県別の確率データはありません。よく混ぜられていないトランプのように、偏りが出てくるんです。地域によってはＤＮＡが多様性を持っている場合もあれば、似たようなＤＮＡを持つ人が多い地域も存在します。九座位ではＤＮＡが酷似していると、本当は別の人のものなのに一致と鑑定されてしまうことが理論上、あり得ます」

思わぬ盲点ということか。

「ですがこれはあり得るという程度の話なので、無視していい話ですよ。九座位のＳＴＲ型検査法が誤ったなんて実例はまだありません。導入された二〇〇三年以降しばらくは九座位でしたが、現在は十五座位ですのではるかに正確になっていますし」

美織からするとかみ砕いて話しているつもりなのだろうが、こちらとしては聞いているだけで頭が痛くなる。柴崎もスマホすら使えない人間なので同じだろうに、どうしてこんなことを聞いていったのか。ヒントがあるどころかますますわからなくなった。

「あ、あと一つだけ忘れていました」

美織の言葉に顔を上げた。

「骨髄移植に伴うＤＮＡ変化の場合だと、二人の人間の血液が同じと鑑定されますね。骨髄提供を受けた人間の血液はドナーのものと同じＤＮＡに変化するんです。ドラマなどで出てくるのでご存知かもしれませんが」

ご存知じゃないと言いたかったが、こらえた。ここで話したのと同じようなことを柴崎にも話したという。だいたいのことはつかめたが、骨髄提供という言葉に少し引っかかった。柴崎はドナー登録をして骨髄提供をしていたからだ。とはいえ今の段階ではそれがどうしたという程度ではあるが。

谷口がやってきたので、川澄はまた連絡すると言って通話を切った。

「川澄、ちょっと」

報告書の作成がまだ途中だ。面倒だなと思ったが、谷口は早く来いと手招きしている。柴崎に情報を漏らした警察官をまだ探しているのか。

「係長、こんなのは監察の仕事ですよ」

「何言ってやがる。そういうことじゃない」

座れというので、遠慮なく腰掛ける。

「柴さんの事件、勝手に調べているだろう」

そっちか。苦笑いで応じざるを得なかった。

「やっぱりな。もう捜査本部は解散したんだ」

「上から言われたんですね。勝手なことをするやつがいるって」

「いや、俺もお前と同じ気分なんでな」

谷口の言葉に、川澄は小さくえっと声を出した。

「俺もこの事件、裏には何かがあると思っている。もちろんクリスタル広場の一件はどうしようもないが、単純な復讐殺人だったとは思えない。柴さんが理由もないのに完全黙秘なんてするわけないんだ」

「……係長」

「だが目立つように捜査していては、上から疎まれてどんな目にあわされるかわからん。お前はへたくそなんだ」

谷口は太い指でこちらを指した。

「柴さんだって若いころ、捜査本部のやり方がおかしいと思った時にはよく抵抗していた。

だが馬鹿正直に向かっていけば、干されるだけってことを途中から学んだんだ。年をくってからは表面上はおとなしく従っているふりをして、このあたりの駆け引きをうまくやっていたよ」

目を瞬かせる川澄を見て、谷口は口元を緩めた。

「組織を離れ、個人の信念に従って青臭く向かっていくことでしか見つけられない真実もあるだろうよ。だがお前もやるんなら、もっとこっそりやれ」

気が済むまでなと谷口は言った。

「このまま終わらせたくないって思いは俺も同じだ」

肩を叩いて谷口は去っていった。思わぬ黙認だった。川澄は谷口の姿が消えてから、軽く頭を下げた。

午前九時。川澄は車で多治見市を目指していた。

警察官の遠出は面倒だ。いつ何時事件が起きるかわからないので、私用でも自分が行く場所を管轄の警察署に知らせておかなくてはいけない。他県に行く場合や泊まり込む場合は届け出が必要になるし、記載がされていない場所にいれば問題になる。完全な自由はなく、常に今、どこにいるかを監視されているような状況だ。

川澄は多治見に行くと届け出た。理由を聞かれたら名物のあられを買いにと答えるつもりだ。谷口に話せばアリバイづくりくらいしておけと怒られそうだ。木野瀬吾郎についてわかっているのは飲酒運転事故の厳罰化を求めていたということくらいだ。パンフレットに掲載された言葉からは激しい憎悪を森下に向けていたことが容易に想像できる。だが柴崎とつながりがあったのかは不明だ。

ナビまかせで進み、多治見市内に入った。

ぐずぐずしている暇はない。休日でも連絡が入って駆り出されるかもしれないのだ。これくらいの距離なら油断はできない。

派出所の前を通り過ぎ、アパートが立ち並ぶ中、細い路地裏を二〇キロも出さずにゆっくり進むと、ようやくナビは到着を告げた。

「……ここか」

すぐに表札は見つかった。ローンの残る川澄の自宅よりも狭い敷地に、平屋の小さな家が建っている。柴崎の家のような小ぎれいさもなく、車を停めておく場所もない。家屋は築三十年以上は経過している感じだ。玄関口の傘立てが大きな犬の形をしているのが個性的だった。

塀の前に車を停めて、川澄は玄関のチャイムを鳴らした。

反応はなかった。しばらく待ったが、物音一つ聞こえない。不在か……何度か鳴らしたが木野瀬家は静まり返ったままだ。ポストに入れられた広告類が雨に濡れたままだ。長い間人が住んでいないというほどではないようだが、ある程度の期間は放置されているように思える。

木野瀬はどこにいるのだろう。

引き返すわけにもいかず、川澄は隣の住人に話を聞いてみることにした。チャイムを鳴らすと、赤ちゃんを抱っこした女性が顔を見せた。

「突然申し訳ありませんね。お隣を訪ねてきたのですが、いらっしゃらないようで」

川澄は木野瀬について行方を知らないかと話した。

「ああ、ごめんなさいね。うちはまだ引っ越してきたばかりなので」

来た時は既に空き家になっていたらしく、よく知らない様子だ。比較的この辺りは新しい邸宅が多く、アパートやマンションも多い。川澄は何軒か聞いて回ったが、木野瀬の家について知っている者は誰もいなかった。

派出所が通り道にあったので、そこにいる警察官に聞けば何かわかるかもしれない。だが相手が警察だと突っ込んだことは聞きづらい。こちらも警察官だと知れると面倒なことになる。そう思い、しばらく地道に聞き続けた。

「ああ？　悪いね、よくわからないわ」

年配の女性だったので知っているかと思ったが、ここもダメか。そう思った時に、その女性の夫らしき男が出てきた。

「木野瀬さん？　だいぶ前から知らんね。名古屋へ行くって言ってたけど」

「名古屋ですか？　親戚でもいるんですか」

　さあねえ、と男は首をひねった。

「そうですか。ありがとうございます」

　聞きまわってみたが、木野瀬吾郎の行方はわからなかった。

　柴崎と木野瀬が共犯ということも考えられなくはない。あの夜、現場にいた黒いマウンテンパーカーの男が木野瀬だとしたら。結局、木野瀬の行方がわからないまま、多治見を後にした。


　休日は終わり、川澄は日常業務に戻った。

　あまり大きな事件はなく、今日は二二九、変死体の情報もないが、刑事課は常に忙しい。川澄は仕事に追われていた。

　多治見に行ったことを谷口に報告すると、そうかと応じた。

「考えたんだがな、室田さんに会ってみるといい」

「室田さん？　誰ですか」

「県警本部で刑事課長をしていた人だ。そのさらに前には昭和区の警察にいた。木野瀬真知子が森下にひき殺された事故についても知っているはずだ」

室田洋蔵という刑事はすでに引退しているが、十五年前に県警本部で刑事課長だった時代に柴崎の上司だったらしい。柴崎には好意的なはずだと言っていた。

谷口のつてを使って室田という元刑事に連絡をとったところ、酒の相手をしてくれるなら会ってもいいということになった。

仕事を終え、地下鉄で金山（かなやま）にある居酒屋に向かった。

電話の感じでは確かに柴崎に好意的な印象を受けた。曜子の事件の際に刑事課長ということは、曜子の死の一報を柴崎に伝えたのは室田か。それは機動捜査隊で真っ先に駆け付けた自分よりもある意味、つらい仕事だったのかもしれない。

五分ほど歩いて、約束の居酒屋は見つかった。どうやら室田の行きつけの店で、個室でこじんまりとしているので密会にはぴったりだった。

予約した席には、禿頭（とくとう）の男性が胡坐をかいていた。遅れてはいけないと思って早く来たはずだが、すでに升酒を飲み始めていた。

「室田さんですか。はじめまして、川澄です」

「ああ、まあ、座ってくれ」

目の下がもう赤かった。これだけのやり取りだが、昔ながらの警察官という感じが伝わってきた。取り調べは父親のような気持ちで、相手と親子関係を作るようにしろ、逮捕した被疑者が出所した後のことまで考えてやれと言っていたような世代だろう。

「なんでも注文しろ。俺はもうこれに決まっているがな」

　室田はメニューを指差しつつ、手羽先を注文した。

「最近は健康ブームらしいが、馬鹿らしいわ。タバコ吸って好きなもん食って、しこたま飲んでもまだまだ元気だ。ストレス溜めんのが一番健康にいいんだわ」

　黄ばんだ歯を見せながら、室田は笑っていた。滑舌が悪く、少し聞きとりにくい。持論を実証してみせるつもりか、あれもこれもと、バイキングのように大量に注文していた。

「最近の刑事は、電子タバコとか吸ってんのか。俺の現役ん時は、一日に何箱か空にしてたぞ」

　すぐに手羽先や味噌カツが運ばれてきた。

　料理がずらっと並んだが、あまり味を楽しんでいる余裕はない。一度、昔の話に火がついてしまうと止まらないようで、室田はしゃべり続けた。川澄は切り出すタイミングがなかなかつかめないまま、生ビールをちびちびと飲んだ。

「さてと。まあ、話はだいたい聞いてるんでな」

　足を伸ばすと、ようやくという感じで、室田は口を開いた。

「柴崎は俺が刑事課長だったころ、係長としてバリバリやってくれていた。まあ、あいつのことはお前さんの方がずっと詳しいだろうが、なんでも聞いてくれ」

「ありがとうございます」

居住まいをただすと、川澄もおしぼりを口元に当てた。室田は赤ら顔のままだったが、その目はしっかりと川澄を見つめていた。

「聞きたいのは二十三年前、森下竜馬が起こした飲酒運転事故の顚末です。室田さんはこの事件を担当されていたんですよね」

「捜査の中心にいたわけじゃないがな」

「ひどい事故でしたか」

室田はお猪口を差し出した。川澄は気が利きませんで、とお銚子を手にした。

「ひどいなんてもんじゃない」

一言がすべてを見通したように重く響いた。

「あれはな。ホントは飲酒運転事故じゃない」

思いもしない言葉に、川澄は酒をつぎかけた手を止めた。

「飲酒運転事故じゃない？　どういうことですか」

思わぬ方に話が向かっていく。もたもたしていると、室田が川澄からお銚子をひったくって自分でお猪口に注いだ。

「あれはな、殺人だ」

くいっと酒を飲んだ後、室田の手が震えていた。川澄は殺人という部分を繰り返した。

「殺人ってどういうことですか」

「故意にひき殺したってことだ。酒を飲んだのは、飲酒運転事故に見せかけるためだ」

半分開いた口が閉じなかった。

「森下竜馬……あいつは化け物だった」

化け物、という言葉を川澄は繰り返した。そういえば以前話を聞きに行ったフィリピンパブ経営者は森下を怪物と呼んでいた。

「迷宮で暴れまわる化け物だ。本当だったら殺人罪。別々の事件で二人殺してるんだから死刑で当然だ。それが放免だろ。あり得ん」

今のように飲酒運転の罰則が厳しくなかった時代ではあるが、その処分は当時もおかしいと言われてきたらしい。

「室田さん、その話は本当なんですか。もう少し詳しく教えてください」

「そうせかさんでもいい。もう少し食わせろ。けど心配すんな、もちろん話す。そのつもりでここに来てもらったんだからな」

室田はもう一度、胡坐を組んだ。

「森下は木野瀬真知子さんに気があったんだ。よく行く喫茶店で見かけてな。店に通い詰めてしつこく声をかけて誘ったんだが、断られたんだそうだ」

「それで殺人を？」

「何でもな、森下は真知子さんがシングルマザーってことを知らなかった。子供がいるって後で知って逆上、馬鹿にしやがってって感じだったらしい。喫茶店のオーナーが教えてくれたよ。俺らは殺人でもう一度逮捕すべきだって色めきたった。けど結局、白井さんが打ち切ったんだよ」

思わぬところで白井の名前が出て、川澄は前のめりになった。

「白井って元捜査一課長ですか」

「ああ」

「どうして白井さんはそんなことをするんです?」

フィリピンパブ経営者は、森下が捜査一課長の弱みを握っていると言っていた。それが白井のことならストーカー事件より前、木野瀬真知子の事件から森下をかばっていたということか。

「たぶん、捜査費の不正流用だろう」

確証はないが、と室田は言った。長年にわたって白井が捜査費を着服しているという噂はあったが、証拠もなく下手に言い立てれば、警察組織では生きていけなくなってしまう。誰も白井に喧嘩を売る勇気はなかったらしい。

「白井さんが有能だったのは事実だしな。だが森下は何か証拠をつかんでいたのかもしれない」

思ったとおり話がつながった。森下は白井の弱みをつかんで脅していたのだ。

「柴さんはこのことを知っているんですか」

　室田は大きくうなずいた。

「柴崎からすれば赦せないわな。白井さんのせいで曜子ちゃんが殺されたようなもんだ。でもあの人は知っての通り、警察に顔が利く。辞めた今でも部下がいて、派閥みたいなもんがあるからな。今の捜査一課長も白井の子飼いだ。最上もやりにくいだろ。俺だって正直怖い。川澄、お前も俺と会ってるなんて噂が立つとまずい。ほどほどにしとけ、な」

　川澄は首を左右に振った。

「構いません。クビにされてもいい覚悟でやっています」

「生意気言うな」

　思いもかけず、罵声が降ってきた。

「俺もあの柴崎が復讐殺人をしたなんて信じられん。もしかしたら白井さんやその部下にはめられたんじゃないかとさえ思っている」

「室田さん……」

「このまま終わらせたくないってのは俺も同じだ。まあ、柴崎がどういう思いを秘めているのかまでは俺も知らん。だがあいつは俺なんぞより頭もいいし、ずっとよく考えられる男だ。俺が想像できんような事情があるのかもしれん」

　心が熱くなった。その事情をどうにかして解き明かしたい。事件についてはわかったが、まだ聞きたいことはあった。

「今、木野瀬吾郎さんがどこにいるか、ご存知ですか」

その問いに室田の目がしっかりと川澄をとらえた。

「川澄、お前まさか」

木野瀬を疑っている。そう答える代わりに、川澄は遺族会でもらったパンフレットを取り出した。そこには激しい怒りが刻まれていて、室田は悲しげな眼でそれを見つめていた。

「やっぱりあの爺さん、知ってたんだな」

室田は悲しげな顔のまま、首を左右に振った。

「室田さん、どういう意味ですか」

「俺はな、警察を引退した後、地域の見守りパトロールのボランティアをしてきたんだ。その時に交通安全活動をしていた木野瀬の爺さんと再会してな」

室田はふうと長い息を吐き出した。

「そんな中で木野瀬さんに詰め寄られたことがあるんだ。あれは殺人だったんじゃないんですかって。俺は何も言えなかったが、あの後、木野瀬さんは例の喫茶店のマスターに土下座して聞いていたらしい。娘の事件はもう時効だし、今さらどうしようもないが、死ぬ前に真実が知りたいんだって」

今さらだがよく読むとパンフレットに刻まれた木野瀬の思いは、交通事故の遺族ではなく殺人事件の遺族という感じを受ける。

「ここ何年か会ってないが、もし会いたければ住所は教えられる」

「お願いします」

メモ帳を取り出して、室田の言う木野瀬の住所を書き留めていく。住んでいるのは小さなアパートらしく、住所は昭和区になっていた。名古屋に引っ越していたということか。

「ありがとうございました」

深々と頭を下げる。また何かあったら連絡してくれと言われて、室田と別れた。

川澄は地下鉄を降りてから、自宅へゆっくりと歩いた。夜はずいぶん冷え込むようになったが、体が火照(ほて)っていて寒さを感じない。

まさか二十三年前に森下が起こした飲酒運転事故が殺人だなど思いもしなかった。殺人を隠すため、飲酒運転事故に見せかけたとは本当に怪物だ。もしこのことを木野瀬が知ればどう思うだろう。木野瀬に会うことがとんだ藪蛇(やぶへび)になることもありえるが、それ以外に今できそうなことはない。

自宅近くまで来た時、携帯に着信があった。誰だ……表示は公衆電話になっている。

「はい、もしもし」

「川澄さんの携帯ですね」

聞こえてきたのは、おかしな器械の声だった。以前山田に会った時の、誘拐のリアル謎解きゲームの声にそっくりだった。

「もうそのあたりでやめておいてはどうですか」

「ああ？　何を言ってる」

「自分が一番、わかっているでしょう」

終わったはずの柴崎の事件を捜査していることか。

「誰だ？」

答えるはずのない問いだった。相手は予想通り、沈黙した。そう思った時に声が静かに聞こえた。

「あなたは未解決事件、迷宮を解くことが正義だと思い込んでいる。ですが解かなくてもいい迷宮だってあるんです。無理して迷宮の鍵を開けたとしても、人を不幸にするだけで終わったら、あなたは責任を持てますか。時には解ける事件をあえて解かないことも正義なんですよ」

何を言っているんだ。録音されても脅迫にはならないようなレベルで話しているが、要するに真相を暴かれては困るやつがいると自白しているのだ。こいつは誰だ？　まさか……。

「警察官の仕事というのは治安を守るだけじゃない。人を不幸にしないということも大切なことなんですよ。柴崎さんはその迷宮に入り込んでしまった。あの人は確かに森下という怪物を退治した。しかし迷宮から抜け出すことはできなかった。出口を求めてさまよっているうちに、自分が怪物になってしまったんです」

反論したかったが、クリスタル広場や今の柴崎を見ると、その言葉はあながち的外れではないかもしれない。そう思ってしまった。

「川澄さん、両刃の斧というのを知っていますか」

「両刃の……斧？」

「ええ、両刃の斧はラブリュスと言って、怪物の閉じ込められた迷宮に掲げられていたそうです。ラブリュスはラビリンス、迷宮の語源とも言われています」

それがどうした。川澄は言いかけたが、先に相手が口を開いた。

「あなたには娘さんがいるんでしょう？」

「ああ？」

「迷宮を切り拓こうとするあなたの刃が、あなた自身や、大切な人を傷つけることにならないといいですがね」

「なんだと！」

川澄は大声を上げたが、すでに通話は切れていた。

第七章　螺旋

1

暗く静かな留置場内に、くしゃみの音が小さく響いた。

廊下を隔てた向こうに、留置担当官が座っている。寒くなって来たから風邪でも引いたのだろうか。

柴崎は明かりが落ちた暗闇の中、右手にできた傷を見つめている。銃創は思ったよりもきれいに治っていた。化膿(かのう)していないし、まるで野生動物のような治癒力だ。右手には銃創以外にもう一つ、傷がある。たまたま受けた弾丸のおかげで目立っていないが、これはあの時の傷だ。

手の傷を見ていると、昔のことが思い起こされた。

曜子が死んですぐのころ、三輪子は手首を切って自殺を図ったことがある。和可菜が見つけて事なきを得たが、あの時三輪子はぼろぼろだった。柴崎は生きる気力を失くした三輪子を和可菜とともに支えた。まだ見ぬ犯人を見つけ出し、罰を与えてやりたい。それを生きる目標にすることによって最悪の状況から抜け出したと言えなくもない。

今でも、森下や白井に対する憎しみは消えない。連中は自分の醜い欲のために自分の家族を無茶苦茶にしていった。だが……。

考えていると足音が聞こえた。

担当の警察官が見回っているようだ。吹き出物のあとが残っている、まだ若い男だ。やがて柴崎の部屋の前で足を止めた。隣の様子をうかがったあと、ささやくような声を発した。

「柴崎さん、不自由はありませんか」

岩石のようにごつごつした顔だが、優しい声だった。留置場の担当には刑事を目指す若い制服警官が配属されることが多い。

留置場内の暮らしはそこまで悪くない。個室になっているし、刑務所の雑居房のようにプライバシーも何もない暮らしではない。とても快適とは言い難いが、柴崎が警察に入ったころに比べればずっと良くなった。

「困ったことがあったら、何でも言ってください」

完全黙秘を続けているとはいえ、こんなところではしゃべっていいだろうに。何をやっているんだと苦笑いした。

「ああ、返事はしなくていいですから。聞くだけ聞いてください。覚えていますか？　俺、柴崎さんに子供のころ、世話になったんですよ」

そうなのか、と心の中だけで応じた。

「俺が小さいころ、父親がおやじ狩りにあったんです。被害を訴えても担当の刑事からその後ずっと連絡もないし、小さな事件だから相手にされないのかって悔しかった。覚えていませんかね。中村区の工場ですよ。でも一年後、柴崎さんが犯人グループを捕まえてくれたんです。報復されないよう、しっかり対処までしてくれて」

そういえばそんなこともあった気がする。もう二十数年も前のことだ。

「今でも俺、柴崎さんのことを尊敬していますから。自分の家族が傷つけられたら、絶対赦せないですよね」

こんな自分に同情してくれるのか。気持ちはうれしいが、だからといって特別扱いは困る。早く行けという思いを込めて軽く睨んでやった。

「だから困ったことがあったら、俺に言ってくださいね」

若い警官はかまわず語りかけてくる。ふと思った。ひょっとしてこれは捜査本部の差し金かもしれない。完全黙秘のこの状況を打開すべく、この警官に本音を聞き出してこいと命じたのではないか。留置場の担当は管理課だが、刑事課との連絡は密だ。

「できることは何でもしますから」

言い残して若い警官は去っていった。

どうやら何の計算もなく、単純にこちらの身を案じてくれただけのようだ。疑った自分が少しみじめに思えた。今の若い警官は純粋にこちらを心配してくれていたに違いない。善意で声をかけてくれた者を差し金だと疑って情けない。

ふっと川澄の顔が浮かんだ。取り調べの際、川澄も今の警官と同じだったのだろう。柴崎が何か事情を抱えて黙秘している。裏に何かあると思い、必死で取り調べをしていた。そこには柴崎への絶対的な信頼があった。本当にいいやつだ。こちらもそれに応えてやりたいと思う。だがそれはできない相談なのだ。

このまま復讐殺人者として処罰されることは望むところだ。元刑事として情けないことだが、警察組織に迷惑をかけることや、慕ってくれる後輩たちを幻滅させたことも赦してもらいたい。ただ……。

柴崎は壁にもたれかかると、天井を見上げた。

曜子と和可菜の顔が浮かび、最後に三輪子の顔が思い浮かんだ。

若かったあの日、プロポーズをして三輪子に誓った。必ず幸せにする……と。この選択は考えつくした結果だ。事件のあと、どれだけ迷い、どれだけ考えたことか。しかし三輪子は今、どういう思いでいるだろう。夫が復讐殺人者として逮捕され、会うことができずに一人……。本当にこれでよかったのか。決断したはずなのに何度も後悔が沸き起こってくる。

だが真相を知られるわけにはいかないのだ。沢木美織に余計なことを聞いたことはまずかったが、あれだけでは誰も気づくことはないだろう。こんなこと、普通は考えもしないだろうから。

三輪子、すまんな。

柴崎は手の傷をもう一度見つめると、ぐっと握りしめる。壁にもたれかかったまま、ゆっくり目を閉じた。

2

当直明け。目覚ましが鳴る前に目覚めた。

トーストのいい匂いに誘われるように、多映子のいる台所に向かった。

「今週も山田は来ないんだったな」

「ええ、山田さんの都合はいいのよ。でも日葵がまだ柴さんのことで……」

わかったと小さく応じた。日葵のことも気になるが、今頭を占めているのは事件のことだ。トーストにあんこを塗りたくってコーヒーで流しこむと、席を立って玄関へ向かった。いつものようにどこへ行くのかと聞かれはしなかった。この辺りはさすがに刑事の妻、休日だがなんとなくこちらが仕事で出かけることは察してくれているようだ。

「じゃあ、行ってくる」

「ええ、気をつけてね。行ってらっしゃい」

柴崎もこういう日常があったのだな。自分は恵まれている。だが今日、これから木野瀬吾郎に会うことでどう変わっていくだろう。電話の脅し文句が頭をよぎった。

駐車場に向かうと、どこかで見た顔が近づいてきた。

「川澄さん、少しお話、よろしいですか」

男は平凡な苗字であることしか覚えていないので、川澄が勝手に田中と呼んでいる地元記者だ。

柴崎による復讐殺人について、事件直後は連日のように報道された。特集も組まれて柴崎や森下竜馬の関係が復讐物語のエンターテインメントのように紹介されていた。だがさすがに時間が経ち、報道は下火になっている。

「俺に聞いても、何も知らんぞ」

誰が森下のことを柴崎に教えたのか。谷口や最上が危惧したように、警察関係者なら大変な問題だとマスコミはその犯人探しに躍起(やっき)になった。しかし今のところわからないまま、事件自体への世間の関心が薄れていっている。おそらく上層部の狙いとしてはこのまま、時の経過とともに風化させていくこと、言葉を変えるなら時効狙いだ。

「森下竜馬は柴崎曜子さんを殺した容疑で逮捕寸前だったそうですが、柴崎容疑者はどうして森下が逮捕される前に殺すことができたんでしょうか」

「さあね。自分で調べたんじゃないか」

新聞記者との付き合いは思わぬ情報をもらえる場合もあるので無下にはできないのだが、さすがに話せない。

「警察関係者からのリークがあった可能性は？」

「知らんよ」

「クリスタル広場で襲われた白井さんは、事件にどう絡んでいるんでしょうか」

もう十分話しただろうと吐き捨てると、無理やり車に乗り込んだ。

最近、休日はいつの間にか、柴崎の事件を個人的に捜査する日になっていた。

川澄はメモを手に、コンビニの駐車場で木野瀬の住所を入力した。木野瀬には会えるだろうか。柴崎と木野瀬にはつながりがあるだろうか。

ひっかかるのは、先日かかってきた脅しの電話だ。

あれは誰だったのか。真実を探られると困る人間がいることは間違いない。だが知られたくない真実が何のことなのかわからない。

時間は十分にある。目的地の住所に向かう途中、川澄はひなた公園に車を向けた。

公園横の道路に車を寄せて止めると、中を少し歩いた。端の方に大きな銀杏(いちょう)の木がある。黄色く色づいて実が落ちている。もう一か月以上経つので立ち入り禁止のテープなどはなく、静かな公園に戻っている。殺人事件が起きてまだ日が浅いこともあってか、遊ぶ子供の姿は見当たらない。

地球儀のように回転する遊具の前で立ち止まった。植込みのフェンス越しに森下の自宅がよく見える。森下が刺され、血まみれで倒れていたのはここだ。

ここで何があった？

森下の遺体があった場所を観察する。鑑識課が徹底的に調べているわけで今さら何があるはずもないが、こうしていると考えがまとまる気がした。

ベンチに腰掛けた。

殺された時間、ここにいた怪しい人物は二人だ。柴崎ともう一人、黒いマウンテンパーカーの男……こいつはいったい何者なのか。マンション住人は森下宅を見ていたと証言しているが、事件とは全く無関係ということもありうる。だがもしそれが木野瀬だったとしたら……。

川澄は森下の自宅の方に向かって歩いた。

足が止まった。銀杏の木の向こうにジャケットを着た男が立っていて、森下宅を眺めている。

落ち葉を踏みしめる音でこちらに気づいたようで、男は振り返った。大きく目を開ける。驚いたのは川澄も同様だった。

「お義父さん、ああ、ご無沙汰してます」

その男は山田だった。

「こんなところで、どうしたんです?」

「それはこっちのセリフだ」

川澄が言うと、お決まりの「すみません」が返ってきた。

「先日もお宅に伺う予定だったのに、延期になってしまって申し訳ないです」

「そんなの別にいつでもいい。というよりも日葵の都合で延期になったんだ。お前が謝る必要はない。それよりさっきの問いだ。どうしてこんなところにいる?」

山田は地取り捜査で、柴崎を見たという証言をいち早く取った。捜査会議でも柴崎犯人説を早くから主張した。この事件に裏があるとは思ってはいまい。今さらここに何の用事があるのか。

「柴崎さんのことですよ。納得できなかったんで」

「どうしてだ? お前は柴さんが犯人だと初めから断定していただろう?」

柴崎が自首しないで逃亡している理由について、山田はもう一人殺すつもりかもしれないと主張していた。川澄は柴崎がそんなことするはずがないと思っていた。しかし結果は誰もが知る通り、山田の言うことが正しかった。榊などは手のひらを返したように、山田のことを尊敬しているとまで言っている。

「僕は間違っていたかもしれません」

　思いもかけない一言だった。この状況でそんなことを言うとは思わなかったが、山田の目は真剣だった。

「この事件の奥にはまだ誰も気づいていない何かがある。柴崎さんは何かを隠している。今はそう思っています」

「本気か？　どうしてそう思う」

「完全黙秘しているからです」

　取り調べは長期に及んでいた。最初だけならともかく、いくら何でも長すぎるだろう。どんな質問に対しても一言も発しないというのはおかしい。

　山田を頼るわけではないが、聞いておきたいことがあった。

「血液が別人のものと鑑定される場合があるか」

　不意打ちで問いかけると、山田は川澄を見つめたまま、しばらく固まっていた。

「この質問の意味、わかるか」

　事件の直後、柴崎が美織に電話で投げかけた問いだと説明するが、山田は動きを止めたままだ。もう一度、声をかけるとようやく解凍したように大きく首を横に振った。

「いえ、わかりません」

　その後もしばらく考え込んでいる様子だったが、やがて深く頭を下げた。山田は小走りでどこかへ去っていった。

こんな場所で予期せぬ出会いだった。まさか山田もこの事件に裏があると考えていると
は思わなかった。

まあ、それより今は木野瀬のことだ。川澄は車に乗り込んだ。

木野瀬の住む『ひいらぎ荘』には十分ほどで着いた。

この辺りは二十三年前に木野瀬真知子が事故にあった現場近くだ。事故現場にはいまだ
に花が供えられている。木野瀬が供えているのだろうか。

駐車場はなく、自転車が何台も停められている。送迎中のデイサービスの車が停まって
いるのが見えた。川澄は近くのパーキングに車を停めて、建物の横の階段を上がる。三一
二号室のチャイムを鳴らした。

しばらくすると、鍵が開く音が聞こえて、柴崎と同じくらいの年齢の男性が出てきた。
少し奥目で気難しそうな男性が、黄色いトレーナーを着ていた。

「ん？　どちらさんですか」

「木野瀬吾郎さんですね」

気難しそうな老人は、眉間にしわを寄せてさらに怖い顔になった。

「は？　違うよ。木野瀬って誰だ？」

違うのか。もう一度、メモを確認するが、木野瀬の住所はここで間違いない。室田は会ったのが何年か前だと言っていたし、また引っ越したのか。

「木野瀬さんの自宅だとうかがったのですか」

「知らんよ。わしは一年前からここに住んどる」

トレーナー姿の老人はふんと鼻を鳴らしてドアを閉めた。

隣の住人にも確認するが、よく知らないという。室田に連絡して部屋番号などの間違いがないか確認したが、ここで間違いないらしい。なんてことだ。木野瀬にたどり着く前に途切れてしまった。

アパートの管理人に聞きに行こうとした時、携帯が振動した。取り出すと表示は牧村になっていた。今になってどうしたのだろう。川澄はすぐに通話ボタンを押した。

「突然ですみませんね」

「いや、どうした」

「川澄さんは柴さんの事件、終わりだと思っていないんだろ」

川澄はまあな、と応じた。

「たまたまなんだが、他のことを調べていたら、事件当日にひなた公園にいたっていう人物が出てきたんだ」

生真面目なことだと思ったが、まさかまだ目撃者がいたのか。

「この人物に会ってみないか」

「そうか、ああ」

午後三時に鶴舞(つるま)公園で待ち合わせをすることにして、それまで川澄はアパートの看板にあった電話番号に連絡をとり、管理人のところまで出向いて木野瀬について訊ねてみることにした。

管理人の家はアパートのすぐ近所だった。一人暮らしの老人の多いひいらぎ荘とは違って、広い庭には毛の長い大型犬がいて、小さな子の遊具や自転車がいくつか置かれていた。

七十歳くらいの男性が、女の子二人と庭で水やりをしていた。

「すみません。ひいらぎ荘の住人のことで少しおうかがいしたいのですが」

「ああ？　なんだね」

管理人は何でも聞いてくれと胸を張った。

「以前、三一二号室に住んでいた木野瀬さんのことなんです。訪ねていったのですが、引っ越されたのでしょうか」

「……いえ」

急に管理人のトーンが下がった。

「亡くなられましたよ」

「亡くなられた？　そうなんですか。いつのことです？」

「もう一年、いや二年くらい前かな」

「えっ」

川澄は声を上げた。二年も前に木野瀬が死んだ？　森下が殺されてまだ一か月だ。それなら木野瀬が森下竜馬の事件にかかわっているはずがない。空振りだったのか。

「木野瀬さんには身内の方はいなかったんですか」

抜け殻のような問いだった。

「ああ、一人暮らしだったけど、確かお孫さんがいたんだよ。娘さんの子だ。そのお孫さんがいるからって、多治見からこっちへ越してきたんだよ」

そういえば木野瀬の文章が載せられたパンフレットに、木野瀬の娘、真知子には小さな子供がいると書かれていた。

「そのお孫さんは今、どうしてるかわかりますか」

「ああ、木野瀬さんの葬式でも会ったし、アパートの部屋を引き払う時もよくやってくれたから何度もしゃべったよ。愛知県警で警察官をしているって言ってた。本当に立派なお孫さんだ」

「警察……？　お名前はわかりますか」

「何だったたっけな。教えてもらったんだが……」

「苗字は木野瀬じゃないんですか」

「ああ、木野瀬さんの娘さんは亡くなられていたから、小さい時、子供のいない知人のところに引き取られていったらしい」

管理人はしばらく苗字を羅列しながら思い出そうとしていた。平凡な苗字だったらしく、その内思い出すと言っていたが、しばらく待っていてもだめだった。

川澄がもういいですと言いかけた時、管理人は声を上げた。

「そうだ山田だ。山田太士」

開いた口がしばらく閉じなかった。

少し遅れて重い衝撃があった。何だと？　こんなことがあるのか。山田太士。まさか、そんなことがあるか。管理人はそれからも聞いてもいないことをしゃべり続けていたが、頭にはほとんど入らなかった。

ようやく正気を取り戻した川澄は、以前日葵から携帯に送られてきた山田の写真を表示して、管理人の前に突き出した。

「この男性ですか」

「ああ、太士くんだ。そうか、あんた太士くんと知り合いだったんかね」

声は出てこなかった。

管理人はすっかり安心したようでさらに饒舌になった。だがその後、何を話していたのかは覚えていない。日葵が送ってきた写真の山田は、どこかさみしげに微笑んでいた。

3

ハンドルを握る手が、かすかに震えていた。

ありえない。あの山田が木野瀬の孫だと？　ということは、山田は母親を殺された被害者遺族ということになる。しかもパンフレットにあった木野瀬の文章によると、目の前でひかれた……そんな過去をずっと背負って生きてきたと言うのか。

しかもこの時の事故で森下は刑務所に入ったわけでもない。遺族からすればあまりにも理不尽な仕打ち……そんな事実と写真の中で微笑む山田の像が、リンクしなかった。

森下が殺された時も衝撃を受けたが、それ以上だった。二年も前に死んでいる以上、木野瀬がマウンテンパーカーの男であるという線は消えた。しかし疑いが雲散霧消したわけではない。思考はそのまま、山田へとスライドしていく。

鶴舞公園近くのパーキングに停めて、公園内に入った。

昭和区にある鶴舞公園はひなた公園とは比べ物にならないほど大きい。バラ園や図書館などがあって、近くにある古墳は知られざる桜の名所だ。昼間はコスプレをする若者でにぎわう。

牧村と待ち合わせたのは、噴水塔のところだ。

山田と柴崎には接点があったのだろうか。これまでの山田の様子を思い返してみるが、柴崎とは面識がなかったように思える。しかしあえてそう見せかけているだけかもしれない。

向かう先には牧村ともう一人、ホームレス風の男性が寒そうにステップを踏んでいた。こちらに気づくと牧村は手を挙げた。

「質問をしていたらひなた公園のことが出てきましてね。もしかしたらと思って聞いたら当たりだった」

牧村はもう一人の男性の方を向いた。

「さっき話したことをもう一度、教えてやって欲しい」

赤ら顔のホームレスは、目をしょぼつかせながら話し始めた。

「ああ、その日の夜はここじゃなくてひなた公園におったんだわ。そっちの方は次の日、燃えないゴミの日だったから、空き缶目当てで植え込みのかげで待機しとったんだわ。あの日の夜は三人の男を見たでよ。一人は散歩してた無精ひげの男だ。そいつはすぐにどこか行っちまったがね」

マンション住人のことだろう。信頼してもよさそうだ。

空き缶を集めながら区をまたいで移動しているらしく、事件当時の捜査ではこのホームレスに会うことができなかったようだ。この期に及んで目撃者を引き当てるとは、牧村も引きが強い。

「殺害現場は見ていないんですか」

「ああ、悪いな。近くで言い争う声は聞こえたんだが、面倒なことに巻き込まれたくないんでほっといたんだわ」

「今の話を図で書くとこうなる」

途中で牧村が遮った。メモ帳を取り出して几帳面（きちょうめん）に書き出す。ひなた公園でのホームレスと目撃した人間たちの位置関係がわかりやすかった。

「一人は大男だで。こいつに間違いないわ」

牧村が提示した柴崎の写真を、ホームレスは指さした。

「もう一人はフードをかぶった男だがね。たぶん背は一七〇センチくらいだろうなあ。小太りだった」

川澄は小太りと言う部分を繰り返した。

「ほかに特徴があれば教えてください。年齢は？」

「老けて見えるが、たぶんあれ、まだ三十歳になるかどうかだろ」

思わず声が出そうになった。まさかとは思えない自分がいる。牧村がどうしたと様子をうかがっているが、これで質問を終えることはできない。携帯を取り出して、山田の写真をホームレスの顔に差し出した。本当なら何枚かの候補から選ばせるべきなのだろうが、そんな余裕は今の川澄にはなかった。

「そうだ。こいつ、こいつ、間違いないがね」

断定に驚いた顔を見せたのは川澄よりも牧村だった。山田の写真をのぞき込み、川澄とホームレスを交互に見ている。夜の公園で植え込みからこっそり見ていただけなのに顔がわかるのかと確認したが、ホームレスの隠れていた場所は街灯の下だったらしく、自信たっぷりだった。

なんてことだ。黒いマウンテンパーカーの男は山田だった。事件当時、現場にいたのは柴崎と山田だったのだ。

ホームレスに礼を言って別れた。

「川澄さん、さっき見せた写真の男って山田だろ」

「ああ、そうだ」

同じ最上班にいるのでよく知っているのだろう。牧村にはある程度話さざるを得なかった。森下が過去に起こした飲酒運転事故は故意の殺人であったこと、山田が森下に殺された木野瀬真知子の息子であることを話した。ただし川澄の娘婿になろうとしているという事実は伏せた。

「そんな、あいつが」

信じられないと牧村は何度も首を横に振っていた。

「気になることでもあるのか」

「あ、いや。それほど気にはしていなかったんだが、今思うと……っていうことはいくつかあるんだ」

「どういうことだ」

「あいつ、普段はのほほんとしているんだ。こっちが言い過ぎたかなって思うことでも何でもすみませんってすぐに謝って、人と対立しないんだ。仕事のことだと鋭いところはあって、最上さんにも認められていたんだが、いくら何でも人に対して弱腰すぎるだろって思ってた」

川澄の持っている山田への印象もまるで同じだ。

「だが取り調べの時は人が違うんだ。被害者に同情するあまり、暴走してしまうことがよくあって。やくざ相手に恫喝まがいの取り調べをしたりもするんだ。こっちが怖かったくらいだよ。それを責めると、自分でもコントロールできなくなってしまう。刑事の仕事が向いてないんじゃないかって落ち込んで……」

牧村の話にうなずきながら、川澄はただじっと聞いていた。

「悪は絶対に許さないっていう姿勢はいいんだ。多かれ少なかれ、被害者への思いをモチベーションにすることは誰もがやることだ。けど山田の場合、極端なんだ。普段は本当におとなしいいいやつでね。ま、でもそういう過去があったって知ると、なるほどなってちょっと納得してしまう」

暴走しているところなど想像できないが、あの山田にそんな面があったのか。

すぐに謝って人との対立を避けようとすることも、自分の中に潜む激しい感情が外に漏れてしまわないように身に着けた自己防衛なのかもしれない。自分の母親が目の前で殺されているのだ。森下への怒りを抑えきれず、犯行に至ったとしてもおかしくはない。

森下に愛する者を殺された被害者遺族。共通項のある二人が互いの思いに共感し、共謀して森下を殺した……あってもおかしくはない。

「川澄さん、このこと、上に報告するか」

「あ、いや。勝手に調べていることだからな。今話したことは、まだここだけにとどめておいて欲しい」

わかったと牧村は口元を緩めた。

「あとは凶器さえ見つかれば、すべてわかるかもしれん」

「そうだな」

何かあればすぐに連絡すると約束し、川澄はそこで牧村と別れた。

ハンドルを握りながら、山田のことを考えた。

自分ならどうするだろうか。

森下に母親を目の前で殺された上に、罰されることなく釈放されたという事実くらいは少年でもわかっただろう。山田よ、お前はどういう気持ちで生きてきたんだ？

このこと、日葵は知っているのだろうか。気になったが、連絡することはできなかった。

何気なく窓の外を見つめる。ビルや大きなマンションが立ち並ぶ中、抵抗するように立ち退かない小さな一軒家が目に入った。日当たりが悪く、プランターの花も育ちが悪そうだ。柴崎の庭は日がよく当たって野菜もすくすくと育っていた。

まてよ……。

確か最後に柴崎宅に行った時、柴崎は言っていた。二軒隣のおばあさんが寝たきりになってしまったので、庭の畑の世話を頼まれていると。

どうして今まで思い出さなかったのだろう。凶器については柴崎の自宅も徹底的に捜索している。庭も掘って調べられただろう。だが近所の家まで調べているとは思えない。

向かう先はその家だ。

柴崎家の庭の畑には雑草が生えている。感傷に駆られたが、今はそんなことを考えている暇はない。川澄は家主の了承を得て、柴崎宅の二軒隣の畑を探してみることにした。

持ってきた手袋をはめた。川澄はスコップを片手に小さな畑を掘り返し始める。こんなところに重要な証拠である凶器を埋めるだろうか。何年にもわたって隠しておくことは難しい。もし家主のおばあさんが亡くなり、土地が別の人の手に渡れば、すぐにばれてしまう可能性がある。

小さな畑だったので、すぐに終わるかと思ったが意外と時間は過ぎていった。いつの間にか、薄暗くなってきた。

汗が滴っていて、顔も土で汚れている。明日からまた仕事だというのにそんなことは考えていられない。汗まみれになっていた。こうして土を掘っていると、みんなで芋掘りをしたことを思い出す。あの頃は川澄も若く、柴崎もまだ現役だった。日葵の無邪気な笑顔。曜子と和可菜の笑顔もまぶしかった。

もうあの日は帰らない。あの幸せを理不尽に奪われて、柴崎はどういう思いだったのだろう。自分がその立場なら、きっとおかしくなってしまう。一方で山田にはそんなささやかな幸せさえなかったのかもしれない。山田と柴崎。愛する者を奪われた二人。この二人はどこかでつながっていたのか。

そんなことを思いながら掘り返していると、スコップが固い何かに当たった。石の感触ではない。何だこれは……そういえばどうもこの辺り、他の場所より土が軟らかかった気がする。

「何かある」

慌てて土をかき分けると、出てきたのはアルミの缶箱だった。大きさは三〇センチくらいだろう。土を払いのけると、川澄は新しい手袋に変えてから箱を開けた。

缶箱の中から出てきたのは、新聞紙に包まれたナイフだった。そのナイフは先と柄の部分が黒っぽくなっている。おそらく血だ。

これは森下を殺した凶器に間違いないだろう。ここにある以上、柴崎が隠したのは確実だ。

大きく息を吐き出すと、川澄は土色をした汗をぬぐった。

4

翌日、朝礼を終えて、仕事はいつも通り始まった。

発見した凶器は昨日のうちに彌冨署に届けた。まだ鑑定結果は出ていないが、柴崎が隠したもので間違いはないだろう。

誰かにいつの間にか庭に入られたという通報があって、川澄は榊とともに現場へと向かった。川澄がほじくり返した件ではないだろうなと一瞬だけ心配したが、建設会社で起きた無関係な事件だった。

調べてみると、木材が積まれたところに発火装置が残されていた。防犯カメラ映像でも残っていない限り、犯人逮捕は難しいだろうが、事情を聞いているうちに、時間はあっという間に過ぎていった。

被害にあった建設会社社長には悪いが、川澄は昨日見つけた凶器のことで頭がいっぱいだった。発見した凶器はきっと森下竜馬の事件のものだ。その鑑定結果が出るまでずっと落ち着かない。

「川澄さんが凶器、見つけたんですよね」

榊も気になっていたようで、移動中もしつこく聞いてきた。

川澄は柴崎が沢木美織にかけた電話について考えていた。柴崎は血のことで何かを知りたがっていた。凶器についている血のことなのだろうか。もしかすると、誰か別の血があそこについているのか。

彌冨署に戻ると、川澄は更衣室で携帯を取り出し、多映子に電話をかけた。用事があったわけではなく、気分を落ち着かせるためだった。

「それで母さん、日葵の様子はどうだった」

「あの子ね、髪が短くなっていたのよ。珍しく伸ばしてるから結婚式のためだとばかり思ってたのに、全然関係なかったの。髪の毛切ったらさっぱりしたって。何か吹っ切れたみたいよ。落ち込んでも日葵は強い子だから」

「そうか？　日葵はそう見えて繊細だ。母さんもわかってるだろ」

携帯の向こうから、ため息が聞こえた。

「まあ、大丈夫よ。山田さんもそばについていてくれるだろうし」

山田のことが出て、川澄は言いよどんだ。

「寮まで行ってみて思ったんだけどね、もう結婚するんだから私たちが何だかんだ言うより、あの子たちに任せた方がいいのかなって。もう大人なんだから」

「まだ結婚するって決まったわけじゃない」

「はあ？　今さら何言ってんのよ」

川澄はそれ以上、何も言えなかった。これまで調べた経緯について多映子に話すわけにはいかない。

「やっぱりお父さん、まだすねてるのね。まあ、わかるわよ。でも孫とかできたら、よかったって思うんだから」

ほとんど多映子がまくしたてていただけで通話は終わった。何でもない話をしていたら気分が落ち着くと思ったが、言えないことばかりでまるでだめだった。それより鑑定結果はまだ出ないのだろうか。すぐだと思ったが、手間取っているのか。

通話を終えて刑事課に戻ると、谷口がこちらにやってきた。

「川澄、鑑定結果が出たぞ」

座りかけていたが立ち上がり、無言で谷口の顔を見つめた。

「凶器に付着した血液は被害者、森下竜馬のものだった。それともう一種類、他の人間の血液が付着していた」

間があいた。川澄は唾を一つ、飲み込んだ。

「ＤＮＡ型鑑定の結果、柴さんのものと一致したよ」

川澄は瞬きを忘れたように谷口を見つめた。

「それ以外には？　係長、森下と柴さんの血液以外にはなかったんですか」

「ああ、森下と柴さんの血が付着していただけだ」

そんな馬鹿な。それでは自分の犯罪を隠したい普通の犯人と同じではないか。そんなはずは……。

「やっぱり柴さんが森下を殺したんだ」

谷口は悔しそうに川澄の肩を叩いた。

「逮捕された時、柴さんも怪我をしていただろ？　銃創で目立たなかったが、右手が切れていた。まあ、もみ合っているうちに自分も負傷してしまったんだろうな。白井という第二の標的もあるから、すぐに見つからないように隠しておいたんだろう」

残念だと言って谷口は去っていった。

張りつめていた糸が切れたように、川澄は椅子に力なくへたり込んだ。なんてことだ。それならこの事件、深く考えすぎていただけで、はじめから単純だったのか。

ショックが冷めやらないところに、遺体が発見されたという報が入った。

「行ってくれるか」

川澄はうなずくと、現場に向かうしかなかった。

放心状態のまま、榊の運転で現場に向かった。

「そうですか。やっぱり柴崎さんの犯行だったんだ」

力なくうなずく。

いまだに信じられない。だが客観的に見れば、いたって当たり前の結果だ。被疑者が隠した凶器に、被害者と被疑者の血液がついていたというだけなのだから。柴崎に秘密を洩らした者の存在だけは謎だが、これで森下竜馬殺しには完全に決着がついたと担当検事などは思っていることだろう。

現場にいた山田の件と美織にかけた電話、完全黙秘など謎が残っている。とはいえ、そんなことはこの客観的証拠を前にしては些細なことなのかもしれない。

「川澄さん、着きましたよ」

榊が中心になって、話を聞いた。管理人が鍵を開けると、異臭がしたらしい。

遺体があることは状況からしてまず間違いないので、マスクを二重にして手袋を装着。さっそく榊とともに中へ入る。廊下の奥、ベッドには黒く変色した遺体があって、窓にハエがたかっている。

遺体を車に乗せて、榊とともに病院に運んだ。

いつもと変わらない遺体の作業だったが、いまだに川澄は立ち直れないままだった。一方、榊はそんなことはお構いなしでしゃべり続けていた。

「なんか最近、慣れてきましたよ」

榊はハンドルを握りながら大きなあくびをした。

「臭いが日常化してきて、鼻がいかれちゃったんですかねえ。そのうち遺体の横でメシでも食えそうだ」

また不謹慎な冗談を言っている。いつもなら榊の軽口は流して終わりだ。だが今日は振り出しに戻ったような、すべてが終わったような気分でくさくさしている。榊に当たりたいわけではなかったが、ふざけるなと声を上げた。

「榊、お前は何でいつもそんな感じなんだ？」

まじめに怒られるとは思わなかったようで、榊は驚いた顔だった。しばらく固まっていたが、やがて小さくすみませんと謝った。

「でも、こんなバカなことでも言ってないと、やってらんないんですよ」

運転席の横顔は、初めて見る表情だった。

「さっきのおじいさん、ご遺族の方に連絡とったら、迷惑そうでした」

榊は涙目になっているように見えた。

「俺のじいさんもこんな感じで死んでいったんですよ。本当に優しいじいさんだったのに、親父もお袋も厄介者扱いして。孤独死でした」

　知らなかった。榊の身内にそんなことがあったとは。いつもどんな思いで遺体処理の仕事をしていたのだろう。

「自殺だったり孤独死だったり、こういう変死の裏にもいろいろ事情があるだろうに、日常化してくるとなんか当たり前みたいに麻痺してくるし、他にも仕事がたくさんあるからどんどん事務的に片づけていくしかないじゃないですか。本当におかしくなりそうだ」

　榊は大きく息を吐き出した。

「捜査本部で仕事して、今回は貴重な経験を積ませてもらったって思います。だけど俺、思うんですよ。帳場の立つ事件ばかり特別視するんじゃなく、もっと一つ一つの事件に真剣に向き合いたいって」

　その言葉は心に刺さった。ずっと曜子の事件解決にこだわってきた。ここ最近は柴崎の事件がすべてだった。その裏で、こういう日常的に発生する事件を面倒だとどこか軽く扱ってはいなかっただろうか。殺人事件の解決は確かに重要だ。しかしそれにのめり込むあまり、日常のささいな事件や平凡な人の死を軽視していることに気づかなくなっていた。

　確かにまだ納得できない部分はある。だがそれらは被疑者が柴崎でないなら、そこまで気にしていたことだろうか。特別視し過ぎて、何も見えなくなっていたのかもしれない。

「事件に大きいも小さいもない。川澄さんもそう思いませんか」

柴崎も超人ではない。彼にも弱い部分はあるし、怒りも憎しみも抱えていて醜い部分だってあるだろう。それなのに自分は柴崎を刑事として完璧な存在にしてしまっていたのかもしれない。理想の刑事という虚像。その虚像が自分の思考をゆがめ、他に真犯人がいるという幻想に自分を埋没させていたのかもしれない。

「そうだな。お前の言う通りだ」

やがて車は動き出す。川澄は工事現場で誘導棒を振り続ける年配の作業員をじっと目で追っていた。

遺体を病院に運んで彌冨署に戻った。

不審なところは特に何もなかった。ただいつもよりも丁寧に一人の死と向き合った気がする。体中に染み付く臭いは人が生きていたあかしだ。まさか榊に気づかされるとは思いもしなかった。大事なことを見失うところだった。

もうこれが潮時ということかもしれんな……。

刑事部屋に戻ろうとすると、谷口がいて手招きしていた。

「なんですか、係長」

谷口は硬い表情のまま答えず、こちらへ来いと誘うだけだった。

入れと言われた部屋には、最上がいた。ひょっとして、室田と会っていることや木野瀬を調べていたことがばれたのか。一瞬だけひるんだが、どこかに開き直りもあった。

「単刀直入に言おう。もう一度だけ、柴さんを取り調べて欲しい」

最上が口を開いた。そんなことか。だが今さらどうしたという気分だ。部屋にはもう一人、どこかで見覚えのある四十歳くらいの眼鏡の男がいた。ピアニストのようにきれいな指で、ここにいるむさくるしい刑事たちとは一線を画す。明らかに一人だけ場違いな雰囲気だ。どこだったか、思い出そうとしたがすぐにはわからなかった。

最上は厳しいまなざしだった。

「あのナイフ、森下のものだった」

「はあ?」

「販売経路を調べたらすぐにわかった。あいつが購入したものだった」

ナイフが森下のもの? どういうことだ。まてよ、そうか、確かにおかしい。柴崎がどうして森下のナイフを使う?　殺そうとするなら自分で用意していくはずではないか。ひょっとして森下が護身用に持っていたナイフを柴崎が奪って刺した。つまり正当防衛だった……。

「柴崎さんに正当防衛を認めさせられるとしたら、あなただけだと聞いたのでね」

きれいな指をした男が初めて口を開いた。そうか、やっと思い出した。こいつの顔は森下が殺された後、捜査会議で見た。愛知県警刑事部長の山内健吾。指揮はとらないが形式的には捜査本部のトップだ。

「凶器も見つけてくれたんでしょう?」

「たまたまですよ」

　山内は口元を緩めた。

「期待していますよ」

　言い残して山内刑事部長は姿を消した。

　正当防衛なら柴崎は無罪だ。目の前が明るくなった。だが待て。それならどうして柴崎はこのことを黙っている? 沈黙する意味がない。だいたい復讐される側の森下の方が柴崎に襲いかかってくるなど意味がわからない。

　この事件、真実はどこにあるのだろう。

「わかりました。そのあたりのこと、しっかり聞き出しますよ」

「いや、その必要はない」

　最上は冷たく言った。

「はあ?」

「正当防衛だった……それだけ認めさせてくれれば十分だ」

「待ってください。まだいろいろな可能性が残っているんですよ。本当に正当防衛だったかもしれないし、違うかもしれない。もう一人、マウンテンパーカーの男が現場にいました。共犯の線もありますし、真犯人は別にいて柴さんが誰かをかばっている可能性もある。だいたい正当防衛だといっても、なぜ復讐される側の森下が柴さんに襲いかかってくるんですか」

厳しい視線を投げかけたが、最上は無表情に川澄を見つめていた。

「川澄、俺もこの事件の裏には何かあると思っているんだ。柴さんは何かを隠している。だがそれが何かわからない」

「最上さん、だったらそれを暴いた方が」

わかっているとでも言いたげに、最上は首を左右に振った。

「きっと柴さんはこのまま、黙秘を続けるはずだ」

「それは同意ですね。きっとこのまま、死ぬまでしゃべらない」

「きっと真実は柴さんしかわからないままになる。だから正当防衛で押し切ればいい。仮に正当防衛の主張が認められなくとも、印象はかなり変わる」

「そんなやり方、柴さんが納得するとは思えません」

「だからお前に任せるんだ」

横から谷口が口を挟んだ。川澄は両ひじをついたまま、手を組んで頭を乗せた。最上たちの理屈はおそらく考えに考えたうえでの結論なのだろう。刑事部長はともかく、最上も谷口も柴崎のことを尊敬しているのだ。悪くしたいはずがない。

「俺は新幹線で曜子ちゃんの死の報を受けた。柴さんと一緒だった。あの人の苦しみをよく知っている。柴さんの名誉をどうしても守りたい」

最上は腹を決めているようだ。きっと何を言っても届くことはない。

このままなら柴崎はただの復讐殺人者で終わってしまう。真実に口を閉ざして死んでいくつもりなのだ。そして最上や谷口はその口を開かせることはできないとあきらめている。その上で柴崎の名誉を守る現実的な判断を下したのだろう。それに警察組織へのダメージを軽減したい刑事部長の思惑が合致した。確かにこれが最善のやり方、しかし……。

「お前が受けないなら、別の者にやらせるだけだ」

川澄は顔を上げて最上を見つめた。ほかの誰かがやったとしても、きっと最上たちの思うように進む。真実は永遠に闇の中、迷宮を漂い続けるのだ。それなら自分がやる以外にない。

「最上さん、少しだけ時間をください。取り調べの前にもう少しだけ調べたい」

「やってくれるか」

最後の確認の問いに、川澄はただ力なくうなずいた。

刑事部屋に戻る足はひどく重かった。

睡眠不足に疲れもたまっているが、新たな取り調べ命令が重くのしかかっている。川澄は決戦を前に、誰もいない取調室に入った。もう一度、取り調べをすることは望むところだ。柴崎の口を開かせて真実を語らせたい。間違いなくこの事件には裏があるのだ。

くそ。壁にこぶしを叩きつけようとして止まった。以前、擦りむいた血の痕がある。いまだに消えていないようだ。

川澄はしばらく血の痕を見つめていた。かすかに雨音が聞こえる。そういえば以前、ここで柴崎を取り調べた時も雨が降っていた。

血痕。この謎もいまだに解けていない。どうしてあんなことを聞いたのだろう。凶器に残った血痕は森下と柴崎のものだけだった。血液が別人のものと鑑定される場合があるか？　この問いの意味するものはいったい……。

凶器が発見されて、ＤＮＡ型鑑定で判明している。凶器の血は森下と柴崎のものだった。それがどうだというのだ。そう思うが、質問の謎を解くことで何か見えないだろうか。

5

やりきれない思いを抱えながら、自宅へ戻った。

明日、柴崎の取り調べが待っている。おそらく柴崎と話すのはこれで最後になるだろう。最上の言うように、警察と柴崎の名誉のために正当防衛を認めさせるだけの取り調べなど自分にはできない。それでは新しい迷宮が一つできてしまうだけだ。柴崎の名誉のためといいつつ、それはすべてを捨てて完全黙秘を続ける柴崎の信念を汚すように思えてしまう。

地下鉄を降りて自宅に戻るころ、いつの間にか雨はやんでいた。

夕焼け雲が流れていく。玄関口に動く影があった。ガレージの横でマロが勢いよく水を飲んでいて、誰かがしゃがみ込みながら頭を撫でている。日葵だった。多映子が言った通り、長かった髪が肩までに短くなっていて見違えた。

「マロー、マロ、マロ、いい子だねえ」

川澄が帰ってきたことに気づかず、日葵はマロの鼻に自分の鼻をくっつけた。マロはうれしそうにしっぽを振って日葵にじゃれている。

「ちょっと、勢いよすぎ」

ほっぺをぺろぺろ舐められて日葵は無邪気に笑った。まるで子供のようだなと川澄は思った。我が家でも犬を飼いたいという話もあったが、結局流れてしまった。そんな夢がこんな形でかなうとは思いもしなかっただろう。川澄は複雑な思いに駆られた。

「あ、遅かったわね、お父さん」

日葵がこちらに気づいたので、ただいまと言った。

「話があるのよ」

日葵は静かに立ち上がった。

「どうだ？　落ち着いてきたか」

「まあね。いつまでも落ち込んでいられないし」

川澄はマロの頭を撫でる。

「久しぶりに少し散歩にでも行くか」

「そうね」

日葵がリードをつけてやると、マロは嬉しそうだった。川澄がマロのリードを手に、二人は天白川の河川敷を歩いた。日葵が子供のころはよくこうして天白川へ来たものだ。春にはつくしを摘み、夏には花火をした。秋には赤とんぼを追い、冬にはオリオン座を見上げた。いつ以来だろうか。遠くに鉛筆のような東山スカイタワーが見える。

「ビル街は空が小さくていや」

川澄はそうかと相槌を打った。日葵はうーんと思いっきり腕を伸ばしていた。

「ここは空が広くて気持ちいい」

「夕焼け、きれいだな」

「うん、きれいな色、久しぶりに見た」

しばらく何も話さないまま、河川敷を歩いた。雨上がりで草にしずくが残っている。光が当たってきらきらしていた。話とは何のことだろう。ずっと日葵は柴崎のことを気にしてきた。事件のことについて聞きたいのだろう。立ち止まって川の方を見ながら、ベンチに腰掛けた。

「柴さんのこと、すまんな」

「いいよ、ごめん、本当はわかってるから。柴さんが殺人なんてびっくりして受け入れられなかった。それで何が起きたか頭でわかってきたら、今度は信じていたものに裏切られたような気持ちになって悲しくて落ち込んで」

くうんという鳴き声が聞こえた。日葵は微笑みながらマロを撫でる。

「でもだんだんわかってきたの。いくら罪を犯したとしても、柴さんは柴さんなんだって」

心に響く言葉だった。自分も同じ心理だったかもしれない。日葵はいつの間にか思っていたよりずっと大人になっていたようだ。

川澄は言葉を選びつつ、柴崎について同業者になら話してもいいレベルのことを日葵に伝えた。日葵は悲しそうだったが、どこか納得した顔にも思えた。

「それで日葵、話ってなんだ？　柴さんのことか」

「ううん、山田さんのこと」

日葵はうつむいていたが、やがて顔を上げてしっかりと川澄を見つめた。

「山田さんは不幸を二つも背負って生きてきたんだよ」

二つという言葉に引っかかったが、一つは母親が死んだことだろう。そう思って黙って聞いていた。

「山田さん、養子なんだって」

「養子？　そうか」

それは知っていることだった。驚いたふりをするのがためらわれて、そのまま自然に流した。

「今のご両親、本当のご両親じゃなくって、山田さんを生んでくれたお母さんは交通事故で亡くなられたんだって。本当はこないだ家に来てもらう日に、山田さんと二人でお父さん、お母さんに伝えるはずだったんだけど、私が延期にしちゃったから」

今度は相槌は打たずに、川澄は首でうんうんとうなずいた。川澄が受け入れているのを見て安心したのか、日葵はそのまま続けた。

「それともう一つ」

日葵は人差し指を突き出した。

「山田さん、白血病だったんだって」

「なに？」

思わず声が出た。

「骨髄移植受けて十年以上経ってるから、もう大丈夫なんだけどね。あ、でも誤解しないでね。私は前から知ってたんだよ」

日葵は微笑んで、大丈夫と繰り返した。

「というか付き合い始めたころ、山田さんと喧嘩になったことがあって。何か隠してるって思ったから、ちゃんと教えてって問い詰めたの。そしたら話してくれた。病気もお母さんのことも重い話だからわざわざ知らせて悲しい気持ちにさせなくてもいいって、私のこと気遣って隠してたんだって」

川澄は黙り込んでいた。これが二重の不幸か。白血病というのは、山田のイメージにはまるでそぐわない病名だった。だが引っかかったのはただ驚いたからだけではない。まだわからないが、得体のしれない何かが動いている。

「でも私は全部ちゃんと教えてくれた方がいいって怒ったの。一人で抱え込んでないで、つらかったこと、悲しかったこと、打ちあけて欲しい。私、ちゃんと受け止めて支えるからって」

日葵はマロの顔を両手で包み込むように撫でた。迷惑なのかどうかわからないが、マロはされるがままにしていた。

「お母さんにはさっき話してきたよ。十年以上前に骨髄移植受けてもう大丈夫だからって説明したよ。そしたら山田さん苦労してるのね。頑張って支えなさいよって。言われなくてもそうするのにね」

マロの鎖が目に入った時、川澄の中で心臓が大きく鼓動を打った。浮かんだのはＤＮＡの二重らせん構造だった。そうか、やっと思い出した。白血病と聞いた時のざわめきの正体がようやくわかった。こんなことが……。

「本当は二人でそろって打ちあけられたらよかったんだけど、私が元気になったら今度は山田さんが元気なくて。どうしたのかな。また一人で何か抱え込んでいるのかな」

日葵は立ち上がると、マロのリードを手にして歩き始めた。

途中から日葵の言うことは頭には入っていない。柴崎が沢木美織に発した問いと、美織の答えが頭の中を駆け巡っている。あの時、美織は確かに骨髄移植について話していた。

どうしてもすぐに確認したい。川澄は先を行く日葵の後を目で追っただけで、立ち止まったまま、携帯を取り出した。

「はい、沢木です」

美織はすぐに出た。聞きたいことがあると川澄が切り出した。

「血液が別人のものと鑑定される場合があるか？　柴さんはそう聞いてきたんだな」

「ええ、そうです」

「骨髄移植に伴うＤＮＡの変化について教えて欲しい。そんなこと、本当にあるのか」

美織はもう一度、ええと応じた。

「白血病などで骨髄移植を受けた人は、ＤＮＡが変化するんです。ドナーのＤＮＡと一緒になってしまうんです。体細胞のＤＮＡは変わりませんが、血液のＤＮＡは完全に入れ替わってしまいますね。ですから血液を鑑定しても、ドナーのものなのか本人のものなのかはわからなくなってしまいます。ただし血液型は違うことがありますが」

　川澄は黙り込んでいた。山田の顔が浮かび、同時に柴崎の問いが浮かんだ。まさか……あの質問はこういう意味だったのかもしれない。というよりこれ以外に考えられるのか。なんてことだ。考えもしなかったが、それならばすべてが腑に落ちる。

　山田は白血病だった。そして骨髄提供を受けて助かった。一方、柴崎は骨髄提供をしたことがある。その提供した相手が山田であったなら……。

「事件当時、山田は現場にいた。捜査会議であがっていたマウンテンパーカーの男は山田だったんだ。しかも山田の母親は森下に殺されている」

　川澄は山田の白血病と柴崎の骨髄提供について話した。

「そんな！　まさか」

　聞いてすぐ、美織は声を上げた。

「こんなこと確率的には……いえ、でも」

　美織もすぐに同じ思いに至ったようだ。だがこんな偶然があるのか。同じ犯人に愛する人を殺された者どうしが巡り合うことはあるだろう。事件は報道されているため、調べれば誰でもわかることだ。しかしそこで知り合った者どうしがかつて骨髄提供をした者とされた者だった……こんなこと、何万分の一、何億分の一という奇跡が必要だ。

「だが逆に考えれば、そういう奇跡があったからこそ、二人の結びつきは計り知れないのかもしれない」

　川澄の言葉に美織は自分の推理をのせた。

「凶器から見つかったＤＮＡが森下と柴崎さんのものではなく、本当は森下と山田さんのものかもしれない……そういうことですね」

　現時点では証拠も何もない。ありえないほどの偶然を前提とした推理ではあったが、今までまるで見当のつかなかった血液の質問について説明できる。凶器を隠した意味、山田が現場にいた理由、森下のことを漏らした者が誰なのかも同時に解ける。柴崎の手に傷があったことから、森下ともみ合って刺されたのは柴崎だと思い込んできた。しかし山田が刺され、その傷を隠した可能性もある。柴崎の手の傷は山田をかばうために自分で付けた……さすがにこれは考えすぎだろうか。

「問題はどうやって二人の関係を確認するかです。移植手術の時期を調べて違っていれば、二人が関係ないことはわかりますが」

「いや沢木さん、そんな手間は必要ない」

　骨髄提供者についてはプライバシーがあって関係者でも知ることはできない。だが知る方法くらいいくらでもある。

「単純なことだ。本人に聞けばいい」

　川澄はこともなげに言った。そうだ。こんなことは直接、山田に聞けばわかることだ。

思えば山田が事件現場にいたとわかった時に、すぐにあいつと話をすればよかったのだ。すべてを教えてくれと。日葵のことがあって、訊くのを躊躇していたのかもしれない。山田と直接向き合うことを自分は避けていた。

「明日、柴さんを取り調べるんでね。すぐに片をつけるよ」

川澄は任せて欲しいと言って通話を切った。

深呼吸をすると、ゆっくり日葵のところまで歩いた。少し離れたところで待っていてくれたようだ。日葵はマロの頭を撫でつつ仕事？　と問いかけてきた。

「日葵、一つ聞いていいいか」

「なに？」

「山田がどんな人間でもついていくか」

「もちろんよ」

人殺しでもか？　その問いは言葉にすることができなかった。この問いは少なくとももう少しあとからでいい。今の時点では確率的にはありえないような話でしかないのだから。

途中で立ち止まっていると、日葵は振り返った。

「お父さん、どういう意味？　心配してるの？」

日葵は不安そうな顔で近づいて見上げてきた。山田への疑惑はこれから家族になろうとしている者の問題でもある。正直に言うほかないだろう。

川澄は腹を決めて、口を開いた。

「山田の母親は交通事故で亡くなったんじゃない」

「え？」

「森下竜馬に殺されたんだ。それと森下が殺された現場に当時いたのは、柴さんの他にもう一人いた。それが山田だった」

日葵は目を開いたまま呆然としている。一言もしゃべらなかった。川澄はそのまますべてをまくしたてた。さっきの美織との電話についても話した。

「これが俺の知りうる山田太士のすべてだ」

氷が解けたように、ようやく日葵は川澄を見上げた。言葉は一言も漏れてこなかった。当然ショックだろう。だがこれが現実だ。ドナーのことはまだどうなのかわからない。こんな偶然は考えにくいし、単なる思い込みかもしれないが、すべてのことを納得いくように結びつけて考えるとこうなるのだ。

「俺が決着をつける」

日葵の肩をそっと叩いた。だがその手を日葵は払いのけた。

「山田さんのこと疑ってるの……お父さんのばか！」

もう一度ばかと叫んで日葵は夕焼けの方へ走り去っていった。ジョギング中の人々が、驚いた顔で日葵と川澄を交互に見ながら通り過ぎて行った。視線を落とすと、足元ではマロが慰めるように川澄を見上げていた。

確かに冷静に見るなら、この推理が正しい確率は極めて低い。しかし低くても可能性がある限り、無視することはできない。さっき日葵は山田についていくと言っていたが、それならこのあり得ないような可能性も受け入れて徹底的に調べるべきではないか。

どんな結果が待っていようと明日、決着をつけよう。もう逃げることはない。

第八章　両刃

1

目が覚めると、いつの間にか雨が降っていた。

取り調べをしようとすると、雨が降る。そんな変なジンクスが生まれてしまったか。川澄は苦笑いしてあんこを塗ったトーストをかじった。柴崎の取り調べを前にして、昨日はほとんど眠れなかった。

この十五年、柴崎は不幸の連鎖に見舞われていた。曜子を殺され、和可菜を白血病で失った。壮絶すぎる人生の荒波に呑まれていた。一方で山田は母を目の前で殺され、自分も白血病で死の淵をさまよった。どういう思いで生きてきたのだろう。

どちらがより可哀そうかなど考えても意味はない。大事なのはこの二人のどちらが殺したのか、あるいは二人がかりで殺したのか、真実を見極めることだ。それがたとえ正当防衛だったとしても。

玄関で靴を履こうとして、日葵の靴が目にとまった。

手にしていた鞄（かばん）を一度置いて、階段へ足を向けた。ゆっくり階段を上り、ＫＥＥＰ ＯＵＴのステッカーが貼られた扉の前で立ち止まった。何も聞こえない。だが日葵がいるのはわかる。ドアをノックしてから静かに話しかけた。

「今から決着をつけてくる」

語りかけても反応はなかった。だが構わずに川澄は続けた。

「一人の刑事として、お前の父親としてちゃんと話を聞いてくる。真実を明らかにしてくる。だから待っててくれ」

必要なことだけを伝えると、川澄は階段に向かった。約束の時間までもう少し時間がある。慌てて行く必要はないが、早めに行って待っていた方がいい。

そう思った時、鍵が外れる音が聞こえた。振り返るとドアノブが回る。ＫＥＥＰ ＯＵＴの扉がゆっくりと開いた。

「お父さん」

日葵の目は真っ赤だった。川澄は日葵の言葉を待った。

「私ね、もしも山田さんが人を殺していたとしても、それを受け入れる。お父さんやお母さんには悪いけど、もう決めたんだ」

日葵は山田に連絡をとることができず、一人で考え込んでいたようだ。川澄は娘の名をつぶやいた。

「真実が何であったとしても、私の思いは変わらないから。受け入れて山田さんと一緒に悩みたい、苦しみたい。それがどんなつらいことでも」

日葵は一度息を継いだ。一晩寝ずに考えたのだろうか。目が赤く充血し、くまができていた。相変わらず青臭さが鼻につくようなセリフだったが、いらだちは感じなかった。なんとなくわかる。きっと日葵はこの思いを一生貫いていくと。

「私、本当のことが知りたい」

「ああ、わかった」

川澄は小さくうなずくと、背を向けた。

階段を降り、心配そうな多映子に行ってくると言い残して玄関を出る。ガレージの横でマロは眠っていた。

これからすべてが終わる。柴崎との最終決戦だ。

「いってらっしゃい」

玄関口にいる多映子にああと答えて、地下鉄の駅へ足を向けた。

これからどうすればいい？　その結論はいまだに出ていなかった。

証拠は何もなかった。あるのは奇跡とも言えるような確率を前提とした推理と、どうしてもこの事件の真実に迫りたいという思いだけだ。

山田に電話したが、昨日は通じなかった。折り返しの電話もない。だが山田と柴崎、きっとどちらから攻めても同じ結論に達する。山田から攻められないのなら、柴崎から落とすだけだ。美織への質問とドナーのことを持ち出せば、これが真実だったらもう黙ってはいられないだろう。

考えていると、あっという間に彌冨署に着いた。

雨が強くなって川澄は肩口をぬぐった。やれやれ、取り調べを前に水を差されたか。取調室に向かう途中、係長の谷口に呼び止められた。

「検事には話をしてある。だがこれっきりだ」

「わかっています。結果を出します」

谷口に励まされ、これから柴崎と再び対峙する。最後の決戦だ。最上も山内刑事部長も真相の究明などどうでもよく、正当防衛による決着のみ望んでいる。世間への印象をよくすることができればそれでいいという、くそったれの思考だ。自分はまだあきらめてはいない。

血の痕が残る端の部屋に入った。雨音がかすかに聞こえる。うるさくはなく、まったくの静寂よりもやりやすい。そんな気がした。

部屋の前では榊が待っていた。

「川澄さん、これで最後ですかね」

「ああ、そうするつもりだ」

川澄は留置場に向かい、留置係から柴崎の身柄を引き受けた。

柴崎は手錠をかけられて大きな背を少し丸めている。痩せたな。それが第一印象だった。何の勝算もなかった今までとは違って、今回は推理がある。本当は取り調べ前に山田に会えればベストだったが。

腰ひもをパイプ椅子に結び付けられつつ、手錠を外すとやれやれという感じで柴崎は巨体を椅子に沈めた。

雨音を気にしているのか、柴崎は遠くを眺めている。川澄は黙秘権の告知をしてから、早速という感じで表情を引き締めた。

「では柴崎さん、お聞きします」

川澄は凶器の発見によって、事情が変わったと告げた。

「凶器は森下が購入したものです。事件現場は自宅の外。凶器は森下が携帯していたはずです。柴崎さん、あなたが復讐のために森下を待ち構えて殺したのなら、これは不自然ですよね」

やれやれという感じで、柴崎は耳の穴を小指でほじくった。指が太すぎて耳穴が苦しそうだ。先っぽについた黄色っぽいものを柴崎は吹き飛ばした。

「大事なところです。しっかり答えてください」

あくびを隠すように、柴崎は大きな手を口に当てた。

やはり黙秘か。まあ、予想していた通りだ。このナイフを発見できたのはたまたまだ。きっと柴崎も見つかるとは思っていなかったはずだ。黙秘するしかないだろう。

無言のまま、柴崎は上目づかいに川澄を見つめている。

どこか悪ぶった表情だ。しかしこの人はこんな顔をしながら、心の奥に命懸けの思いを秘めている。どう思われようと、どうなろうと絶対に認めない。真実にだけは絶対にたどり着かせない。そんな決意に映った。

「ナイフにはあなたの血が付いていました。そしてあなたの右手には、銃創で目立ちませんでしたが傷もあった。この事件、正当防衛だったのではありませんか」

柴崎は耳の穴をまたほじくりはじめた。もうこれ以上いじめるなとばかりに口元を少し緩めている。柴崎はこちらがどこまで気づいていると思っているのだろう。まるで真実には届かないと思っているのか。それとも届いていても、あえて追及してこないと考えているのか。あるいはそれを川澄の表情から読み取ろうとしているのか。

ここまでは最上の書いたシナリオ通りだ。だがこのまま終わらせるつもりはない。

雨音が少し強くなった。

川澄は目線をはずして肘をついたまま、両手を頭に置いた。これ以上、迂遠（うえん）なことを聞いていても埒（らち）が明かない。

「ただもう一つ、可能性として考えていることがあるんです」

たった一枚しかないカードを無駄にはできない。そう思ってタイミングを見計らっていたが、これ以上間延びさせてもしらけるだけだ。

「柴崎さん、やっとあの質問の意味がわかったんですよ」

かわされれば終わる。だがとぼけても無駄なのだ。柴崎のどんな小さな表情の変化も絶対に見逃しはしない。川澄は勝負に出た。

「血液が別人のものと鑑定される場合があるか？　あなたは事件直後、沢木捜査員に電話をかけてこう問いかけていますよね。どうしてこんな問いを発したのか。ずっと謎のままでした。ですが今はわかっています。そしてこの質問の答えこそがこの事件の真相にたどり着く鍵だったんです」

言葉を切ると、柴崎はゆっくりと顔を上げた。とろんとしたまなざしの様でいて、その奥には鋭さを秘めているように思えた。

「あなたは真犯人をかばっているのではありませんか」

川澄は柴崎をじっと見据えた。柴崎もまた瞬きもせずに川澄に鋭い視線を送った。こんなに熱のこもった視線は初めてだった。それなら真犯人は誰だと言うんだ？　柴崎はそう問いかけているようだ。

「あなたがかばっているのは、捜査一課の山田太士ではありませんか」

柴崎は表情を変えることなく、ただじっと川澄を見つめていた。

長い沈黙が続いた。雨音が強く聞こえてくる。柴崎は肯定も否定もしない。だがその口元にはかすかに笑みがあった。よくたどり着いたなという敗北の笑みか、見当違いだという嘲笑(ちょうしょう)の笑みか、どっちだ。

長い間にじれて、川澄の方が口を開いた。

「柴崎さん、あなたは和可菜ちゃんの死後、ドナー登録をし、骨髄提供をしている。逆に山田太士は骨髄移植を受けている。移植を受けると、血液のDNAは変化します。だから凶器についていた血液はあなたのものだと鑑定されていましたが、本当は山田のものだった。こんなこと、ふつうは考えられません。ですがあなたと山田の関係ならあり得る」

いつの間にか、柴崎は視線を外していた。

「調べはついています。山田は母親を森下に殺されている。さらに事件当時、森下宅の前にいました。どうですか、答えてください。あなたは真犯人をかばって罪を背負おうとしている。森下を殺したのは本当は山田だったんじゃないですか」

川澄はすべてを吐き出した。

もうこちらのカードはゼロだ。これで柴崎が認めなければ攻めようがない。

柴崎は口を閉ざしていた。その瞳は壁に残った染みを見つめているようだった。川澄が以前つけた血痕だ。ため息ともつかない長い息を吐き出したのち、柴崎は悲しそうな顔で川澄を見つめた。

川澄は待った。一分、二分、五分、十分……だが柴崎の口から言葉が出てくることはなかった。うなずくことも首を横に振ることもない。川澄も何もすることがなく、柴崎の顔を見つめるだけだった。

どういうことなんだ。わからない。この推理は外れていたのか。いや、これ以外にどんな真実があると言うんだ。

「柴さん、もういいでしょう」

川澄はもう一度、同じ問いを繰り返していく。さっきよりも念入りに、美織に聞いたことを詳しく述べていったが、柴崎は無反応のままだった。そんな馬鹿な。こんなことは調べればわかることだ。いくらしらを切ろうが、無駄なことはわかっているはず。それでも抵抗するのか。そこまでして山田をかばうのか。

いや、やはり違っていたのか……。

時間だけが流れていく。あきらめたくないという思いとは裏腹に、いつの間にか、敗北感が川澄を包み込んでいた。

「少し休憩します」

午前の取り調べはむなしく終わった。柴崎はやれやれという表情で首をこりこりと鳴らしている。

取調室から出た川澄に、谷口と榊が寄ってきた。

「係長、柴さんと山田のドナー関係について調べてください」

川澄は二人に事情をすべて説明した。

「そうか、わかった」

二人は初めて知る事実に困惑しているようだった。眠気もさほどなかったのに、疲労感だけが重くのしかかっている。

気分を切り替えようと、一度外に出て、雨空を見上げた。真っ黒い雲から大粒の雨が降り注いでいる。こんなはずではなかった。この推理は外れていたのか。だとすると、もうこれ以上、攻める手立てはない。

壁に手をついた時、背後から声がかかった。

振り返ると、山田が立っていた。

2

いつの間にか雨は強さを増していた。

彌冨署の駐車場前には山田が傘をさして立っている。軽く会釈をしてきた。こんなタイミングでこいつと話をすることになるとは思わなかった。

「こんにちは」

挨拶されたが、言葉が何も出てこなかった。これまで何度か会ったが、こんな気持ちで会うのは初めてだ。午前中の取り調べで柴崎は何も言わなかったが、まだこいつが事件にかかわっているという可能性は残っている。

「お電話いただいたみたいで。出られなくてすみません。何のご用でしたか」

「ああ、ここではなんだ。そっちの公園に行こう」

傘をさすと、山田を伴って彌冨署の裏手にある小さな公園に向かった。普段は子供連れがやかましいのだが、この雨だ。誰もいない。ここは彌冨署からは見えないし、山田との会話もこの雨が消してくれるだろう。

「最近、元気がないって日葵が心配してたぞ」

ようやく声になった。川澄はやんわり切り込んだ。山田はいつものようにすみません、と謝罪から入った。

「日葵から聞いたよ」

川澄は無難に話しかけた。

「本当につらい人生だったようだな」

山田は半分、口を開けた。

母親を目の前で殺され、白血病で死にかけ、それでも必死に生きてきた。その精神力には敬服する。

「ああ、何というか、黙っていてすみません」

はにかみながら山田は言った。おそらく刑事になったのも、母の死の真相が知りたかったからなのだろう。気持ちはよくわかる。

「それでどうした？　こんなところに」

「柴崎さんの取り調べです。係長から川澄さんの手伝いをするように言われました。というより僕がそうさせて欲しいと直訴したんですが」

川澄は黙って山田を見つめた。どういうつもりだ。今さら何がしたい。ひょっとして柴崎が本当のことを言ってしまわないよう援軍に来たのか。いや、谷口に頼んである。柴崎と山田、二人の絆はすぐにわかることだ。

「それよりお義父さん、何の用事でしたか」

もうここまでくれば、覚悟はできていた。

「ああ、柴さんの事件に関する大事な話だ」

山田はその言葉にうなずいた。

川澄は大きく息を吸い込んで、ゆっくり吐き出した。

「柴さんは現役警官だったころ、骨髄提供をしている。沢木さんに聞いた。骨髄移植を受けると血液のDNAは変化する。凶器に残っていた柴さんの血は、柴さんの骨髄提供を受けた者の血だった可能性もある」

山田は驚いたようで目を大きく開けた。

「事件直後にわざわざ電話で血液のＤＮＡ型鑑定について訊ねる理由なんてまずない。そいつが真犯人なら、すべてにつじつまが合うんだ。それがたとえ奇跡的な確率だろうとも。今、頼んで調べてもらっている」

川澄はしっかりと山田を見据えた。

お前がそうなんじゃないか？　そんな思いを込めた。山田の白血病についてこちらが知っている以上、言いたいことは伝わっているはずだ。

山田は無言で傘の開閉スイッチをいじっていた。

「森下竜馬はお前の母親を殺したんだろ？　それは事故という意味じゃない。故意にひき殺したって意味だ。しかしその事実は隠蔽されて証明しようがない。しかもすでに公訴時効にかかっている。全部室田さんに聞いたよ」

川澄の問いに山田は雨雲を見上げた。しばらくして、知っていましたかという声が漏れた。

「ええ、あいつは僕の母親を殺した男です。一生、赦すことはできません。子供のころからずっと恨み続けてきました」

初めて見る顔だった。山田の目はすわっていて、この世の恨みを凝縮したようだった。その細い目に川澄は射すくめられていたが、呪縛を解くように問いを発した。

「森下竜馬を殺したのか」

 山田は無反応だった。しかしやがてその憎悪が顔からすっと引いていった。山田は大きく首を横に振った。

「違うのか」

「違います。僕はやっていません。ただお義父さんにそう思われても仕方ないでしょう。森下のことを殺したいほど憎んでいたのは事実です。実際、一歩間違えたら僕が森下を殺していたかもしれない。そう思っています」

悲しげな表情で山田は語り始めた。

「僕は子供だったけど、目の前で母が車にはねられた時、変だと思った。わざとはねられたようにしか見えなかった。真実をどうしても知りたい。ずっとそう思っていました。そして祖父が亡くなる直前に、母の事件の真実を教えてくれました。それから眠れない日々が続きました。気持ちが抑えきれず、何度も森下の家まで行っていました。何をするでもなかったんですが、まるで僕がストーカーですね」

「あの日もそうだったのか」

「ええ。仕事が終わった後、森下の家の明かりを眺めていました。そしたら森下が出てきて、慌てて公園を離れました。あとでその日、事件があったと聞いたんですが、僕は何も見ていませんでしたし、そういう事情があって捜査本部には言えませんでした。黒っぽいマウンテンパーカーの男。あれは僕です」

申し訳ありませんでしたと山田は頭を下げた。なるほど。だから会議の時、マウンテンパーカーの男は無関係だと言い張ったのか。

「柴さんがドナーじゃないのか」

「僕のドナーは親戚の人です。父の姉、僕のおばに当たります。父と母はうまくいかなかったけれど、病気の僕のことはみんな心配してくれていたから」

そうだったのか。すぐに確認できることだし、ここに至ってまで嘘をつくとは思えない。

だが安堵感はなかった。山田が犯人でないなら、やはり柴崎が犯人だったということになる。目撃証言、動機、物証……柴崎の犯行を裏付けるものがこれだけそろっているのに、残された謎にすがって事件の裏に何かあると思い込んできた。

「お義父さん、僕の方も事件に関して話があるんです」

川澄は力なく顔を上げた。何だと声を出す気力も失われていた。

「実は捜査中、脅しの電話がありましてね。調べまわるのはやめろって」

それはおそらく川澄のところにかかってきたのと同じものだろう。

「録音しておいて、後で知り合いに声紋を比較してもらいました。予想した通り脅していたのは白井さんでしたよ。しかるべき手段に訴えないと。ただあの内容では脅迫にはならないかもしれないです」

あれか……やはりあの爺さん。困ったものだ。

「そうすると、柴さんに森下のことを教えたのも白井だったのか」

「わかりません。でもここまで卑劣だとやりかねませんね」

十分あり得ることだと川澄も思った。白井からすれば森下は邪魔な存在だ。森下が曜子を殺した犯人であることも知っている。川澄や山田を脅したのと同じ手口で声を変え、柴崎に犯人を教え、殺させたのではないか。柴崎は遺族会で犯人を前にした時、どうか自分の前に刃物を置かないでくれと言っていたと聞く。しかし白井は置いたのだ。自分の保身のために。

柴崎は森下を殺した後、自分に情報をもたらした人物が白井であり、自分は利用されたのだと気づいた。曜子を見殺しにされた怒りと合わさって、クリスタル広場で白井に刃物を突き付けたのだろう。

マウンテンパーカーの男の正体も山田だとわかったし、あれだけ多くあった謎が徐々に解けていく感じだった。だがまだわからないことはある。血の質問のことだ。あの質問の謎は解けたと思ったのに、山田が無関係なら、白紙に戻ったことになる。

「お義父さん、お話ししたかったことは、もう一つあるんです」

「何かわかったのか」

「ええ、森下の部屋で見つかった曜子さんの画像は大量にあったんですが、僕は一枚ずつ全て丁寧に確認しました。そうすると何枚かに、曜子さんと一緒に映っている恋人と思われる男性がいたんです」

それは初耳だった。曜子の恋人は謎のままだった。

曜子を殺した凶器は自宅にあった包丁。だから当初は知人の犯行ではないかと思われていた。恋人が犯人という線もあったのだ。だが友人の証言からストーカーの存在が浮上。らくだ男の目撃情報もあり、恋人の存在は完全に消えてしまった。

「恋人が誰かわかったのか」

山田は一度、真っ黒な雨雲を見上げてから、川澄の方を向いた。

「専従捜査班の班長、梶野彬さんでした」

「なに？」

本当かとすぐに聞きなおすと、山田は大きく首を縦に振った。

「間違いありません」

なんてことだ。信じられない。梶野は十五年もそれを隠していたのか。確かに梶野は独身だ。ひょっとして今も曜子のことを思い続けて……そうだとすると、あの事件解決のためにかける執念は川澄よりも上かもしれない。専従捜査班のリーダーとして恋人を殺した犯人をどうしても見つけ出そうとしていたのだ。

ただ恋人が梶野だとわかっても、それだけでは何の意味もあるまい。そうだろと確認すると山田は首を横に振った。

「お義父さん、梶野さんのことについて気になることがあるんです」

川澄は黙って山田の方を向いた。

「実はさっき、沢木美織さんが僕のところにやってきて聞かれたんですよ。白血病について、お義父さんに聞かれたのと同じ質問をね。同じように答えました」

美織も山田に聞いていたのか。何だ、二人して取り越し苦労だったわけか。

「それよりもその時、僕は思ったんです。沢木さんは梶野さんの直接の部下で、最近の梶野さんの様子をよく知っている。僕は逆に沢木さんに聞きました。梶野さんに最近、変わったところはないのか、と」

川澄は口を閉ざして山田の説明を聞き続けた。

「沢木さんによると、梶野さんは森下が殺された直後に、血液の鑑定をこっそりと科捜研の知り合いに依頼していたらしいんです。どうしてこそこそやるのか、沢木さんはずっと気になっていたようです」

「それはどういう検査だったんだ?」

「詳細はわかりません。おそらく非公式な検査であったと思います。ですが時期的にも重なる。柴崎さんの例の質問と照らし合わせるなら、ここにすべてを解く鍵があるように思えるんです」

梶野が行った血液の鑑定とはなんだ。何を調べていたというのだろう。こっそりと行ったということは、周りに知られてはまずいことなのだろう。そのタイミングで梶野と柴崎に接触があったとするなら……。

「あと一つ、言い忘れていました」

川澄は無言で山田の方を向いた。

「僕がこの事件をもう一度、調べたいと思ったきっかけです。それはクリスタル広場での柴崎さんの行動でした。柴崎さんは白井を殺す気なんてなかった。僕には演技に見えたんです。まるで必死に何かを隠そうとしているみたいだと」

馬鹿な。あれが演技だというのか。捨て身になってまで何を隠そうとした？　だが山田の言葉を聞く途中、何かが川澄の中で小さな声を上げていた。

それはほんのかすかな声だったが、集中して耳を澄ました。激しく滑り台を叩く雨音が消えた。何かが叫んでいる。これが真実だと防音の分厚いガラス扉の向こうで必死で声を上げている。美織に聞いたＤＮＡ型鑑定の話と思いもかけず融合していった。

――まさか、これか……。

川澄の中で思考が研ぎ澄まされていく。一つの可能性が見えた途端、すべてがきれいに裏返っていく。ありうるのか。何度も自分の中で問い直し、情報が整理されていく。森下は曜子のストーカーだった。確かに事件直後、森下は岡田に見られた。だが殺したところを見られたわけではない。森下は曜子の部屋に合い鍵を使って出入りしていたし、フィリピンパブ経営者によると盗聴器も扱っていたという。もしそうだとするなら……。

「お義父さん、大丈夫ですか」

山田の声に顔を上げた。静かにああとつぶやく。最初はあり得ないと思っていた考えが次第に巨大になって、最後にはこれ以外ないという確信へと変わっていく。その推理は骨髄移植の件で山田を疑った時よりも、ずっと自分の中ですっきりしていた。だが……。

気づくと肩が雨でぐっしょりぬれていた。

「何かわかったんですか」

山田は興奮気味に聞いてきた。川澄はためらいつつも、今浮かび上がった推理を山田に聞かせた。話していくうちに山田の目が輝いてきた。逆に川澄は口を真一文字に閉じた。

「お義父さん、今から行きましょう。柴崎さんを取り調べ、真実を明らかにするんです」

「だがこれはすべて推理でしかない。違うか」

「ええ、ですが柴崎さんにこの推理を突きつければ、必ず認めますよ。きっとあの人はここまで真実を言い当てられて否定することはできません」

そんなことはわかっている。だが今、自分は後悔していた。どうしてこのことを山田に話してしまったのだろう。心のうちだけにとどめておくべきだったのではないか。

川澄は黙って山田に鋭いまなざしを注いだ。

「お義父さん、これは真実です」

山田も川澄を見つめ返す。どこか悲しげな顔だった。

川澄は無言のままだった。柴崎はすでにこのまま死ぬ覚悟を決めている。妻と会うこともなく一人で朽ちるまで……。

「柴さんは曜子ちゃんの復讐で森下を殺したんだ」

「お義父さん……」

そんな顔をするなと言いたくなる表情だった。だが自分が柴崎の立場だったらどうしただろう……。

「殺したのは柴さんだ。間違っていない。違うか」

「ええ。ですがそれでは何にも解決にはなっていない」

傘が飛び、山田は川澄の両肩をがっしりとつかんだ。

「僕たち警察官にできることはただ一つ、真実を明らかにすることだけです」

両手を通じてその感情が伝わってくる。それは反論しようのない正論かもしれない。それでも川澄は黙り込んでいた。

「このままでいい」

「お義父さん！　どうして」

澄んだまなざしに耐え切れず、山田の手を振り払い、川澄は立ち去ろうとした。

「お義父さんは間違っている」

山田が引き留めようと手を伸ばしてきた際、川澄はその顔にこぶしを入れた。同時に川澄の傘も吹っ飛んだ。山田は水しぶきを上げて倒れた。ずぶぬれになっていたが、すぐに立ち上がって向かってきた。しかしそのこぶしは空を切り、川澄の二撃目が腹に入ってそのままうずくまった。

「……間違っている」

山田の声に振りかえることなく傘を拾い、川澄は彌冨署に向けて歩き出す。日葵に何と話そうか。山田と殴り合いをした。そんなことを正直に告げれば、どうなってしまうだろう。だがそんなことはいい。

この答えにたどりついたのは、山田のおかげだ。地獄のような人生をこいつは送ってきた。ただの功名心で動いている人間とは違う。その言葉には重みがあった。柴崎と山田、どちらが正しい？　これから最後の取り調べだ。自分は選ばなくてはいけない。

二人の思いがしみ込んで、川澄は空を見上げる。大粒の雨が降り注いでいた。

3

午後になっても、辛気臭い顔が目の前にあった。

柴崎は腰ひもでつながれたまま、パイプ椅子に深く座ってあくびをした。雨音が激しくなった。今頃、三輪子は病院でどうしているだろう。雨の日にはよく頭が痛くなると言っていたが、大丈夫だろうか。

午前中、川澄はおかしなことにこだわっていた。山田とかいう男に柴崎が骨髄移植をしたというのだ。なるほど、沢木美織にしたあの質問から考えたのか。確かにあの手術をした後は患者のDNAが変わると言っていた。だが骨髄移植をした相手については感謝の手紙をもらっただけだ。当然、山田とやらに会ったことはないし、名前を聞いたことすらない。何をどう推理したのかわからないが、見当違いもはなはだしい。

あれだけ山田という男に固執したということは、もう川澄に手はないのだ。おそらくこの取り調べで最後だろう。消化試合だ。

川澄は相変わらず、暗い顔で座っていた。

いや、午前中と何かが違う。着ていたシャツが汚れている。髪の毛もぼさぼさだ。濡れたのを慌てて乾かしたようだ。そんなことより目だ。川澄はまだあきらめていない。息をひそめておいて、捨て身で向かってくるような感じすらする。油断だけはするな。

柴崎が何かを隠していることくらい、川澄にもわかっているだろう。だが真相にはたどり着くはずがない。こちらはそこさえ守れればそれでいいのだ。

不安要素がないと言えば嘘になる。だが残り時間はあとわずかだ。

川澄は椅子に座ったまま、何も語らなかった。

雨音が響く中、時間だけが過ぎていく。何だこれは……沈黙には沈黙という初歩的な手段か。だがこちらとしては好都合だ。

取調室は雨音がしばらく支配した。川澄は苦虫をかみつぶすような顔で立ったり座ったり、頭を掻きむしったりしているが、何も語らなかった。そうかと思うと突然、部屋を出て行った。柴崎もじっと動かないまま無言だ。こんな形でこいつと別れるのも悲しいが、何も言うことはできなかった。

しばらくすると、川澄は戻ってきた。顔を洗ってきたようで、川澄の顔は少し濡れていた。

「柴崎さん、午前中は失礼しました」

先にしゃべったら負けのゲーム。音を上げたのは川澄の方だった。

「おかしなことで時間を使ってしまいました」

思わず吹き出しそうになるのをこらえ、表情を動かさないように固定する。やっと気づいたか。だがもう時すでに遅しだ。柴崎は親指の爪をいじったまま、川澄の話を聞いていた。

「元刑事による復讐殺人。こんなにわかりやすい事件だったのに、本当に謎が多過ぎました。まずはどうしてすぐに自首しないのか。それが最初の謎でした。俺のよく知るあなたなら、すぐに自首するはず。そう思ったんです」

　それは柴崎も予想していたことだった。不自然だと思われることはたくさんあっただろう。すべてにつじつまを合わせようとすればおかしくなる。だから黙秘するしかなかった。

「あなたに森下のことを教えたのは誰なのかが次の謎でした。次に完全黙秘があって、凶器の行方がわからないという謎が続きました。さらにあの質問が加わった。覚えていますよね。あなたが沢木美織さんに発したものです。血液が別人のものと鑑定される場合があるか？　本当に難解な謎でした。自分の力だけではどうすることもできませんでした」

　まるですべてわかっているとでも言いたげな、挑発的な物言いだった。

「彼の協力があったからです」

　誰かが衝立の向こうから入ってきた。小太りで髪が乱れている。人見知りしそうな青年だった。どこかで会ったか。心なしか見覚えのある顔に思えた。

「山田太士。午前中まで俺は彼を疑っていました」

　母親を殺され、自身も白血病だったと川澄は説明した。

「ですが確認しました。彼はこの事件には無関係だった。それどころか俺にも気づかなかったおかしな点に気づいていました。柴さん、あなたのクリスタル広場での行動ですよ。あれが彼には殺す気もないのに演技しているように見えたそうです」

　なんだと……爪をいじる手が一瞬、止まった。

「ですがさっきまで悩んでいたのは、事件の謎が解けなかったからではないんです。すべての謎は解けていて、あとはこのことをあなたに告げるかどうか、それだけが問題だったんです。あなたは真実を命懸けで守ろうとしている。その思いをかなえてやりたかった」

柴崎は爪にたまった垢をはじき飛ばした。いいだろう、川澄、お前がどこまで真相ににじり寄ってくるか見極めてやろう。

「事件は簡単なものだったんです」

川澄はそこで一度言葉を切った。こちらの反応を誘うような言い方だ。

「ひとことで言って、正当防衛です」

柴崎は顔を上げずに、机に視線を向けた。

「森下の方が先に襲いかかり、あなたはそれを受け止めて反撃。その結果、相手が死亡した。そして凶器には被害者、加害者両方の血液が残った。急迫不正の侵害があり、緊急性、必要性、相当性、防衛の意思……刑法三十六条のすべてを満たす完全に正当防衛です。そうではありませんか」

なるほど、だいたいわかった。最上の入れ知恵だ。こちらが沈黙を続ける以上、こういう筋を書いてできる限り、柴崎の罪と警察組織としてのダメージを軽くしようとしているのだ。川澄としては不本意かもしれないが、追い詰められない以上、それに乗るしかなかったのだろう。

はっきり言ってその通りだ。この事件、森下を刺したのは柴崎だ。襲いかかられて、それを防御、もみあいになってやむを得ずだったのだ。正当防衛については主張してもよかった。本当のことなのだから。しかしそうすることが自分にはできなかった。

「普通に考えれば、正当防衛を主張すればいい事件です。それなのにどうして完全に口を閉ざし、正当防衛を主張しなかったのか。最初にこの謎から説明します」

柴崎は何も言わず、視線を伏せたままだった。

「それは犯行動機が揺らぐからです。復讐という動機は絶対的なものにしておきたかった。でも森下はおそらく、曜子さんを殺していません」

その一言に、柴崎の右手がかすかに動いた。

「森下が十五年前、曜子さんをストーキングしていたのは本当でしょう。部屋から盗撮画像が押収されています。青山巡査部長の遺書もありますし、岡田光樹さんに顔を見られています。けど実際に曜子さんを殺したところは見られてはいません」

山田が後ろでゆっくりうなずいた。

「柴さん、森下のことをあなたに教えたのは誰なのか、ずっと謎でした。どうしても見つからない。おかしい。そこで逆転の発想をしてみたんです。森下本人が呼び出したんだとしたらって。あなたは森下に何らかの理由で呼び出された。そう考えると自然です。情報を漏らした人物なんて初めからいなかったんですよ」

代わりに山田が口を開いた。

「なぜ呼び出したか。おそらく十五年前の事件に関することだと思います。もっとも森下が自分がやったとあなたに告げたのではない。森下はいまだにストーキングしているようなやつです。自分から罪を告白するとも思えません」

じゃあなんだ？　柴崎は心の中で問いかけた。

「呼び出した理由は、おそらく曜子さんを殺した真犯人に関することです」

柴崎は軽く川澄を睨んだ。

「柴さん、あなたが本当に隠したかったのは、十五年前の真犯人だったんです。だからそれを隠すために復讐が犯行動機だという防衛ラインだけは死守しなければいけなかった。白井さんに恨みがあったのは事実でしょう。でも本当に殺したいわけじゃなかった」

川澄はそこで一度切ってから、声を大きくした。

「十五年前の真犯人を隠す。あなたの心にあったのはその一点だけだった」

誰だと言うんだ真犯人は？　柴崎はその思いを込めてきつく睨んだ。

「真犯人は、和可菜さんです」

その瞬間、柴崎はこれ以上ないほど、大きく目を開いた。

川澄は悲しげな目でじっと柴崎を見つめた。

「これだけは隠したかった。そうでしょう」

柴崎は固まっていた。わずかに指先が震えている。

「もし三輪子さんがこのことを知ったらどうなるか？　あなたはそう考えたんです。曜子さんを殺した犯人がもう一人の我が子であったと知ったなら、三輪子さんはどうなってしまうのか。ただでさえ三輪子さんは病床の身だ。絶対にこのことだけは知られてはいけないとあなたは誓ったんです」

こんなことが……視界がぼやけている。

「柴さん、現場に残った血痕は曜子さんのものだけじゃない。和可菜さんのものもそこにあったんです。最初から和可菜さんのものもあったと鑑定されていれば、あっさり終わった事件でした。でも奇跡的な確率でわからなかった」

説明を山田が引き継いだ。

「柴崎さん、事件直後、あなたは沢木さんに訊ねていましたよね。血液が別人のものと鑑定される場合があるのかと」

山田はさらに続けた。

「この質問にすべてが込められていたんです。あの状況であなたがこんなことを意味もなく訊ねるはずがありませんから」

止まらない。止めようとしても右手の震えが止まらなかった。

「柴崎さん、あなたが沢木さんに聞いて引っかかったのは、初期の鑑定のことでも骨髄移植のことでもない。九座位のことでしょう」

いつの間にか柴崎の顔は紅潮し、眉間には深いしわが寄っていた。どうしてそっとしておいてくれないという怒りも混じっていた。

九座位。刑事をしていても聞きなれない言葉だったが、沢木美織が電話で発したその一言は頭に残っている。森下が発した言葉と同じだったからだ。この九座位による鑑定の精度はほぼ正確だが、近親者の間ではごくまれに別々の人間のＤＮＡが一致してしまう可能性があるらしい。この検査方式が採用されていたのはたった三年間。だがこの期間が重要だった。この期間は曜子が殺された時期に当たる。つまり鑑定が間違うことがあり得たのだ。

もう自分でもわかっていた。すでに勝敗は決していると。

こいつらの言う通りだ。十五年前の事件の真犯人は和可菜だ。この悪夢を知った時、新幹線で曜子の死を聞いた時のように現実感がなかった。だがこれが真実であると認めざるを得ない状況が待っていた。

どうしても十五年前の真実だけは守りたい。三輪子をこれ以上苦しめたくない。その単純で深い信念だけが自分を支えていた。証拠はあるのかという言葉を発することなく、奥歯を嚙みしめた。

「証拠はありますか」

まるで心を読み切ったような言葉だった。山田は背後を指差す。それにつられて、柴崎は振り返った。

取調室に入ってきたのは梶野だった。

「柴崎さん、あなたは森下から聞いた和可菜さんが真犯人だという言葉が信じられず、確かめたかった。でも自分ではできない。十五年前の凶器は警察に保管されています。こっそり再鑑定など不可能。誰かに頼む以外には……」

その通りだった。沢木美織にそこまで頼むことはできなかった。彼女には隠し立てする義理もないし、きっと捜査本部に言うだろう。だがふとあの時、こいつならと浮かんだのだ。曜子が死んだ日、遺体の近くで泣き腫らしていた若い刑事がいたことを。賭けだった。曜子の好きだった男は警察官だと曜子の友人は話していた。あれだけの悲しみ、梶野が曜子の恋人だったのではないかと以前から思っていた。

そしてそれは当たりだった。梶野は調べてくれた。隙を見て凶器に残された血液DNAを採取して非公式に再鑑定を依頼してくれた。その結果、凶器のナイフから二種類の血液DNAが検出された。事件当時の技術、九座位では一人の人物の血液DNAであり、曜子のものだと思われていたが、あっけなく覆された。曜子と近い血液DNAを持つのは近親者以外に考えられない。だが柴崎ではないし、三輪子は血液型が違っている。考えられるのは世界でただ一人、和可菜だけだった。

「柴さん、すみません」

梶野は柴崎から頼まれたことについてすべて明かした。鑑定結果についてもしっかりと残してあって、凶器は保管されているのでもう一度、鑑定し直すことも可能だと言った。

梶野は顔をくしゃくしゃにして泣いていた。なんてことだ。曜子が殺されたあの日、大学病院で見せたのと同じ顔じゃないか。本当に進歩のないやつだ。

雨音はいつの間にか聞こえなくなっていた。

静寂が支配するこの狭い空間で川澄は立ち上がった。

「柴さん、あなたの思いはわかっている。すべては自分のためじゃなく愛する人のため、本当に立派だ。尊敬しますよ」

川澄は間をあけてから絞り出すように言った

「それでもあなたは間違っています」

柴崎はそれに応じて目を合わせた。

無言のまま、柴崎は川澄の顔を見た。

「本当に三輪子さんのことを思うなら、この悲劇を正直に告げるべきだったんだ」

「俺にもその結果、どうなるかはわからない。ですが柴さん、あなたは三輪子さんの気持ちをわかっていない」

横で山田もうなずいている。川澄は続けた。

「柴さん、三輪子さんが望んでいるのはあなたがそばにいること、たとえ最大級の悲劇を味わうことになってもそばにいることを選ぶんじゃないか……俺はそう思います」

川澄は肩口で汗をぬぐうと、そのまま柴崎を見下ろしていた。取調室からしばらく言葉が消えた。

今、最後の糸が音を立てて切れた。そんな気がした。

長い静寂が終わり、聞こえたのは蚊の鳴くような声だった。

「……川澄」

何日ぶりに声を発しただろう。声がかすれた。

「全部、その通りだ」

「柴さん」

両ひざに手をつき、ゆっくりと柴崎は頭を下げた。

「手間を取らせて悪かった」

ようやく終わった。

川澄の顔を眺めながら、刑事になりたてのころに思いをはせる。黙秘を続ける被疑者を取り調べた時、たいていの被疑者は最後につきものが落ちたような顔をして口を開いた。今自分はそんな顔をしているだろうか。

柴崎は森下を刺した時の様子について話した。

「十五年前の真犯人を知っている……そう言われてな」

公衆電話から呼び出された柴崎は、指定された公園に向かった。姿は見えなかったが、誰かがいるのは感じた。そして携帯に電話がかかってきた。十五年前の事件、お前の娘を殺した真犯人はもう一人のお前の娘だ、公表されたくなければ一千万円よこせと言うのだ。でたらめを言うなと怒鳴ったら、男は言った。らくだ男とは自分であり、自分はあの時、現場ですべてを見ていたと。

それから事件当時の音声を聞かされた。曜子のストーカーだったそいつは曜子の部屋に盗聴器を設置していた。そこに音声が入っていたのだという。音声だけなので状況はよくわからなかったが、確かに曜子と和可菜の声が聞こえたのだ。

そいつは事件の直後、部屋から怪我をした和可菜が走り去るところを目撃した。和可菜のことは曜子をストーキングしていたから妹だと知っていた。部屋に入り、曜子が死んでいる現場を見てまずいと思ったという。ストーカー行為がばれる上に、殺人の犯人にされかねないからだ。そして盗聴器を回収して出てくるところを岡田に見られたのだ。

ますます自分の身が危ないと思い、その後、目立つことは避けた。しかし十五年経ち、金に困ったそいつは、和可菜のことを黙っている代わりに金を出せと柴崎を脅してきたのだ。柴崎は要求を拒否した。それでも執拗に脅してきた。柴崎は一円も払わないと拒絶。この会話は録音している。脅迫罪で訴えるぞとすごむと、逆上したそいつが物陰から姿を見せた。ナイフで襲いかかられ、もみ合っているうちに刺してしまった。そいつが森下という男だと知ったのは、死体になってからだった。財布の中の免許証で確認した。これがあの日の真相だ。

森下の言ったことは全くのでたらめだと思った。現場の血液は曜子のものだけと鑑定されていると反論した。しかし電話の声は自信満々だった。九座位ってのを知ってるか？森下はそう言った。専門的な知識のない柴崎にはよくわからず、すぐに自首をしようと川澄に電話した。しかしふと思ったのだ。森下の言うことが本当だったらどうすると。万が一のことを考え、柴崎は通話を切った。

どうするか悩んだ末、後で専門家である沢木美織に聞いてみた。返ってきた答えは九座位ならありうるというものだった。極めて薄い奇跡のような確率。だが再び九座位という言葉を聞いて胸騒ぎがした。仕方なく梶野に打ちあけて調べてもらうことにした。

再鑑定の結果が十五年前と同じなら、出頭しようと思っていた。だが結果が出るには時間がかかる。その間は逃げなければいけなかった。しかしその結果、不幸にも奇跡のような確率が実証されてしまった。森下の言うことは本当だった。

二人は本当に仲のいい姉妹だった。和可菜が曜子を殺してしまうなんてありえるはずがない。ただ柴崎は自分の手の傷を見ながら思った。森下を殺すつもりは全くなかった。それなのに刃を向けて迫られ、もみ合っているうちに殺してしまった。手の傷は防御した際のものだ。和可菜もそうだったとしたら……。曜子はストーカー被害におびえていたと聞いた。和可菜はストーカーと間違えられて曜子に切り付けられたということも考えられる。とはいえ確証はないし、曜子を死に至らしめたのが和可菜であるという事実は変わらない。この事実を知ったら、三輪子はどう思うだろう。そこまで考えて強く思った。絶対に三輪子にこのことは知らせてはいけないと。そのためには犯行動機を疑わせてはいけない。

ただクリスタル広場での逮捕劇は今になってみればやり過ぎだった。白井のことを梶野から聞いて腹を立てたのは事実だったから、利用してやろうと思ったのだ。ブルーカプチーノで逮捕されるつもりだと梶野には伝えてあった。逮捕後は殺意をもって森下を殺したと認めてもよかったが、森下のことをどうやって知ったのかと問われれば困る。積極的にしゃべってぼろが出てしまうことが怖くて完全黙秘を続けたのだ。

三輪子が死んだら、すべてを打ちあけるつもりだった。その時のため、凶器は拭かずに土の中に隠した。三輪子が生きている間だけはどうしても隠し通したかった。

「柴さん、本当は俺はこのままにしようと言ったんです。もし自分が柴さんの立場なら、きっと同じことをしていたって思うからです」

川澄は優しい顔になっていた。

「ここにいる山田に明らかにすべきだと言われて、心が揺れました。でもその時はまだ拒絶していた」

山田がぺこりと頭を下げた。

「最後に決断したのは日葵の言葉を思い出したからでした。真実が何であったとしても、本当のことが知りたい。受け入れて一緒に悩みたい、苦しみたい。それがどんなことだって……そんな感じのことです」

それは青臭い言葉だった。しかし不思議と柴崎の心にすっとしみ込んでいった。

山田が言葉を受け継いだ。

「僕は柴崎さんと三輪子さんにもそうあって欲しい。二人で真実を受けとめ、二人で乗り越えていく。そうやって二人で生きて欲しい」

三輪子のことなど、よく知りもしないだろうに偉そうに言う。だがその時、柴崎の記憶がふっと戻った。ようやく思い出した。こいつは日葵の……そうだったのか。少し前、日葵が少し照れ臭そうに、この人が私の結婚相手なんだと写真を見せてくれたことがあった。

そうか、いいやつじゃないか。

微笑むと柴崎は腰ひもにつながれた体をゆっくりと持ち上げた。柴崎は川澄と山田の方を一度向く。どうやらこいつら父子(おやこ)に負けたようだ。

無言のまま、最後に柴崎は深く頭を下げた。

壁の血痕に一瞥(いちべつ)をくれると、取調室を後にした。

柴崎は廊下で立ち止まる。窓の方を見た。三輪子、俺が間違っていた。せめてもっと早く気づきたかった。最後までお前のそばにいてやりたかった。
外は雨が上がり、わずかに初冬の日差しが柴崎に降り注いでいた。

終　章

その日、クリスタル広場には多くの人の姿があった。

川澄は珍しく少しましなスーツを着て地下街を歩いていた。久しぶりの休みだったが、どうやらゆっくりできそうにない。これから食事の約束がある。日葵たちはもう買い物がすんだだろうか。

待ち合わせ場所となったのは、サンシャインサカエにある観覧車 Sky-Boat の前だった。遅れていくとまたうるさいと思い急いで向かった。しかしカップルや子供連れがいるだけで、観覧車の前にはまだ日葵や多映子の姿はなかった。

三越のビルが見える。屋上には小さな観覧車があった。

「あれ？　お父さんの方が早かったのね」

背後から声がかかった。振り返ると多映子と日葵がいる。今日は山田もやってくるが、少し遅れているらしい。山田を待つ間、三人は少し話した。

「それで裁判はどうだったの？」

待ちきれないように日葵が問いかけてきた。

「柴さんは無罪なんでしょうね」

多映子も問いを重ねた。話題は先日から始まった柴崎の裁判に向いた。判決はまだだ。しかし公判で柴崎は、最後の取り調べで明らかになったことを包み隠さず話している。和可菜のことも認めている。柴崎としては不本意だったかもしれないが、正当防衛として無罪になる公算が大きい。

しかしクリスタル広場での一件はどうなるかわからない。川澄は柴崎に殺意などないと確信しているが、厳しいかもしれない。ただ仮に実刑判決が出ても、最後に三輪子に会うことくらいはできるだろう。

あれから改めて、十五年前の事件で凶器の再鑑定が行われた。以前の九座位ＳＴＲ型検査法による鑑定では曜子の血だけと鑑定されていたが、最新の鑑定の結果、そこには曜子だけでなく和可菜の血も付着していることが判明した。ＳＴＲ型検査法による鑑定が誤った史上初のケースとなった。

「つらい真相だったわ、本当に」

多映子の言葉に川澄もうなずいた。

「三輪子さんはこのこと、ずっと言えなかったのね」

あれから柴崎は自分の代わりに、本当のことを三輪子に告げて欲しいと川澄に頼んだ。だが川澄が報告に向かうと、三輪子は和可菜のことを知っていたのだ。

「こんな真相なんて、思いもしなかったよ」

日葵は悲しげに観覧車を見上げていた。川澄はそうだなと応じる。

曜子と和可菜、仲のいい二人が悲劇に陥ったのには理由がある。その日、学習塾の帰りに和可菜は曜子の部屋にやってきたのだ。扉の鍵が開いていたので中に入って驚かせようとしたらしい。おそらく扉の鍵が開いていたのは森下が侵入したからだろう。

和可菜は曜子が落ち込んでいるようだったので、驚かせて気持ちを明るくさせようとしただけらしい。しかしストーカーに悩まされていた曜子が帰宅すると、部屋に小さな明りだけがついていて、暗がりに誰かがいるのでパニックになった。台所の包丁を手に向かってきた。それを止めようとした和可菜は正体を明かす暇もなく、差し出した手首を切られた。だがその時、曜子の手から包丁が落ちた。和可菜が包丁を拾い上げると何かに当たった。そこには同じように包丁を拾おうとした曜子の首筋があったのだ。

曜子は即死だった。電気をつけて惨状を見た和可菜は気が動転し、救急車を呼ぶこともできずに逃げだしていた。手首の傷を隠し、返り血を浴びた服も処分したものの、現場には自分の血液が残っている。すぐに警察に呼ばれると覚悟していたが、なぜか追及はなかった。

白血病で死ぬ前に、和可菜は三輪子に泣きながら曜子を死なせてしまったと打ちあけたらしい。誰にも言えず、その罰で自分は死ぬのだと泣いていたそうだ。三輪子は二人だけの秘密にすると和可菜をなだめ、和可菜の死後もそのままずっと隠していたのだという。

和可菜が亡くなった後も、三輪子が十五年前の事件の真相について言い出せなかったのは、柴崎の強い怒りを知っていたからだ。その怒りが和可菜に向けられるのを見たくなかった。柴崎がこれ以上苦しむのを見たくなかった。娘たちを失った今、せめて穏やかに二人きりの時間を過ごしていきたいと思ったのだ。

「三輪子さんはずっと、苦しんでたのね」

つらかったでしょうねと多映子は同情する。川澄も日葵もうなずいた。

柴崎が復讐殺人をしたと報道された後、三輪子はずっと本当のことを言うべきかどうか悩んできたらしい。自分が黙っていたせいでこんな事件が起きたと後悔し続けてきたそうだ。妻は夫のためと思い、夫は妻のためと思い、真実を隠そうとしたことがややこしくした、本当に悲しい事件だった。

「柴さん、早く三輪子さんに会えるといいね」

日葵の言葉に多映子はうなずいた。曜子と和可菜が憎しみあって殺人事件が起きたわけではない。そのことがわかったことは柴崎にとって少しは救いになるだろう。だが二人の娘が戻るわけではないし、三輪子が事件の真相を知っていたことは結果論に過ぎない。これでよかった。そう軽々しく言うことは川澄にはできなかった。

会話が途切れた時、日葵のスマホにＬＩＮＥが入った。

「山田さん、もう少しかかるんだって」

「じゃあ、二人で観覧車でも乗ってこい。俺はタバコでも吸ってる」

「何でよ。あなたが乗ったらいいでしょ。さっきも気にしてたし」

多映子は川澄を観覧車の方へひょいっと押した。

「ほら、乗ってきなさいって。私、待ってるから二人で」

日葵はしぶしぶという感じで了承した。日葵が納得している以上、川澄も断ることはできなかった。にやにやしている多映子を憎々しげに見つめながら、川澄は日葵とともにエレベーターで三階に上がり、観覧車に乗った。

突然二人きりにされて、会話はなかった。

観覧車に乗るのは、日葵が子供のころ、小さな屋上観覧車に乗って以来になる。このSky-Boat に乗るのは初めてだ。まさか日葵と二人、再びこうして観覧車に乗るなどとは夢にも思わなかった。行きかう人の影が徐々に小さくなっていく。川澄と日葵を乗せた観覧車は、高くまで上がっていった。

「なんだか懐かしいな」

切り出すが、斜め前の座席に座った日葵はぶっきらぼうにそうねと応じただけだ。外に広がる栄の街の景色を見つめている。そんな時ふと思った。人生は観覧車と似ているのかもしれない。同じように回っていても乗る人間はどんどん変わっていく。同じような日々を送っているようでいて、同じ時間は二度と回ってこない。変わっていくものを押しとどめることはできないし、もう一度やり直すこともできない。あの時、子供だった日葵はこうして大きくなり、やがて自分の元を離れていく。

観覧車はやがて高度を下げ、豆粒のようだった人影が少しずつ像を成し始めた。

多映子の姿が見えた。横には山田がいて、大きく両手を振っていた。この男は人生の悲しみ、苦しみ、怒り、憎しみを深く味わってきた。この先、何があっても日葵は大丈夫だろう。山田ならきっと日葵を一生、大切にしてくれるはずだ。

「さてと、ここでお別れだ」

この後、日葵と山田は結婚式の衣装を見に行くらしい。川澄は多映子と久しぶりに二人だけでレストランに行く。降り場まであと少しという時、日葵が隣の座席に腰掛けた。かと思うと、小さな子供のように抱きついてきた。どうしたんだいきなり。今さらなんだと言いたくなったが、言葉は飲み込んだ。

「お父さん、今までありがとう」

つぶやくと、顔を見せないまま、観覧車を降りて行った。

そうか、日葵はこれが言いたかったのだ。多映子も知っていて二人きりにした。だが何だろう。嬉しいようでいてどこかさみしい。

川澄はもう一度、止まったままの小さな屋上観覧車を見上げた。

思い出がなくなっていくのは悲しい。時計の針は逆には戻らない。だが大切なものを時に失い、時に得ながら人は前に進んでいく。きっとそれが生きるということなのだろう。

二人とも幸せにな。

川澄は心の中でそうつぶやく。頬に少しだけこぼれた熱いものを誰にも気づかれないよう、こっそり肩口で拭った。

この作品はフィクションで、実在する個人、
団体等とは一切関係ありません。
本書は書き下ろしです。

中公文庫

両刃の斧

2019年2月25日　初版発行

著　者　大門剛明

発行者　松田陽三

発行所　中央公論新社

〒100-8152　東京都千代田区大手町1-7-1

電話　販売 03-5299-1730　編集 03-5299-1890

URL http://www.chuko.co.jp/

DTP　ハンズ・ミケ

印　刷　三晃印刷

製　本　小泉製本

Published by CHUOKORON-SHINSHA, INC.

Printed in Japan　ISBN978-4-12-206697-7 C1193

中公文庫既刊より

各書目の下段の数字はISBNコードです。978－4－12が省略してあります。

た-81-4
告解者　大門剛明
過去に殺人を犯した男・久保島。補導員のさくらは彼の誠実さに惹かれる。その最中、新たな殺人事件が発生。告解室で明かされた衝撃の真実とは――。
205999-3

た-81-5
テミスの求刑　大門剛明
監視カメラがとらえた敏腕検事の姿。手には大型ナイフ、血まみれの着衣。無実を訴えて口を閉ざした彼に下る審判とは？　傑作法廷ミステリーついに文庫化。
206441-6

い-127-1
ため息に溺れる　石川智健
立川市の病院で、蔵元家の婿養子である指月の遺体が発見された。心優しき医師は、自殺か、他殺か――。見えていた世界が一変する、衝撃のラストシーン！
206533-8

さ-65-11
雨の鎮魂歌（レクイエム）　沢村鐵
中学校で見つかった生徒会長の遺体。次々と校内を襲う異常な事件。絶望の中で少年たちがつかんだものとは。「クラン」シリーズの著者が放つ傑作青春小説。
206650-2

と-25-34
共鳴　堂場瞬一
元刑事が事件調査の「相棒」に指名したのは、ひきこもりの孫だった。反発から始まった二人の関係は調査を通して変わっていく。〈解説〉久田恵
206062-3

と-25-38
Sの継承（上）　堂場瞬一
捜査一課特殊班を翻弄する毒ガス事件が発生。その現場で発見された死体は、五輪前夜の一九六三年に計画されたクーデターの亡霊か？
206296-2

と-25-39
Sの継承（下）　堂場瞬一
ネット掲示板で国会議員総辞職を求め、毒ガスを盾に国会議事堂前で車に立てこもるS。捜査一課は、その正体を探るが……。〈解説〉竹内洋
206297-9